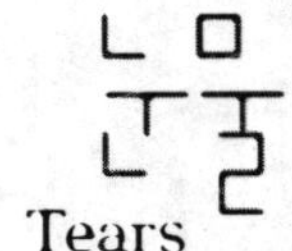
Tears

2001년 1월 10일 초판 1쇄 인쇄
2001년 1월 15일 초판 1쇄 발행

원 작/임상수
지은이/안의정
펴낸이/김종현
펴낸곳/인북스

서울 마포구 도화동 36 고려아카데미텔Ⅱ 928호
전화/ 02)703-7408 팩스/ 02)6732-7400
http://www.inbooksmedia.co.kr
등록/1999. 4. 21 제10-1742호

파본이나 잘못된 책은 바꾸어 드립니다.
ISBN 89-950619-8-7

값 7,000원

이 책의 공급처는 **한국출판유통주식회사**입니다.
전화 031) 945-1002

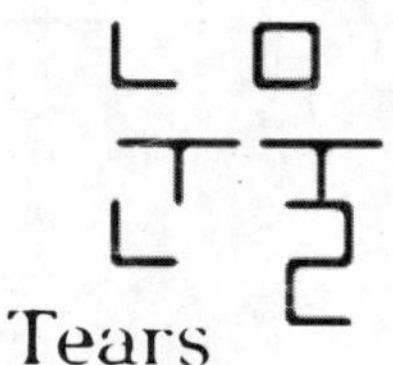

눈물

Tears

인북스

눈물

원작자 임상수

연세대학교 사회학과를 졸업하고
한국영화 아카데미 5기를 수료했다.
1998년 영화 〈처녀들의 저녁식사〉를 연출,
그해 청룡상 신인감독상을 수상한 바 있다.
1999년, 가출 청소년들의 실태를 취재하기 위해, 1년 동안 구로동 골목에서
행상을 하며 그들과 함께 생활한 뒤,
2000년 〈눈물〉의 시나리오를 집필하고 연출했다.

지은이 안의정
뉴욕대에서 조직행태학을 공부하면서 한국일보 뉴욕지사 기자로 일했다.
지은 책으로는
〈아우야! 세상엔 바보란 없단다〉 〈마음을 열면 세상이 참 아름답습니다〉
〈펭귄이 날아간 곳은 어디인가〉 〈바다로 날아간 종이비행기〉 등이 있고
옮긴 책으로는
〈클락웍 오렌지〉 〈굿바이 마이 프렌드〉 〈사람은 무엇으로 사는가〉
〈내 마음을 찾아 떠나는 행복여행〉 시집 〈콘크리트에서 핀 장미〉등이 있다.

차 례

고등학교 시절, 경기도에서 기차를 타고 통학하던 급우가 있었습니다.

공부도 못하고, 체구도 작았고, 집안도 가난했던 그가 어느날 결석을 하는가 싶었는데, 종례시간에 담임선생님이 그가 기차에서 떨어져 죽었다는 소식을 전해 주었습니다.

나중에 안 사실이지만 나이가 많은 아버지가 손자가 빨리 보고 싶다면서 외아들인 그 친구의 의견을 무시하고 일방적으로 같은 마을에 사는 어느 처녀집과 그 해 혼인을 치루기로 약조했었다는 것이었습니다.

공부시간 중에 수줍어서 좀처럼 말도 하지 못하고 친구도 거의 없었던 녀석은 고민고민하다가, 누구와 상의도 해보지 못하고 집으로 돌아가는 기차에서 떨어져 죽은 것이었습니다.

　이 책의 주인공 한, 새리, 창, 그리고 란의 흔적을 더듬어 가면서 나는 기차에서 떨어져 자살한 그 급우가 남몰래 흘렸을 눈물을 생각하며 가슴 아파했습니다. 왜 그 때는 녀석을 친구로 생각하지 않았었는지… 왜 그 때는 녀석의 고민을 들어주려 나서지 않았었는지…우리가 녀석의 눈물을 조금이라도 이해하려 했었다면 녀석은 지금쯤 우리와 같이 이 세상에 살고 있을 것입니다.

　어른들의 욕심과 친구들의 무관심으로 거리를 방황하고 있을 수많은 청소년들의 아픔을 이해하고, 그 아픔을 조금이나 나눠 가져야겠다는 다짐을 새롭게 해봅니다.

　내가 남의 일부이고, 남이 나의 일부라는 생각을 가진다면 우리는 이 세상을 더욱 아름답게 살 수 있게 되겠지요.

-안의정

1

만남

이제는 싸구려 환락가로 각광받는 누추한 거리,
2호선은 부자 동네와 가난한 동네를 한 줄로 묶어놓고 있었다.
네온이 명멸하기 시작한 거리의 하늘에는
비행기가 낮게 날며 어디론가 떠나고 있었다.

"아저씨 쭉 빠진 아가씨와 데이트좀 하시고 들어가
시지요. 단돈 5만원이면 됩니다."

지독한 더위로 끈적거리는 밤의 거리는 유혹의 거리였다. 있어
서는 안되는 사람들이 있기에 위험한 거리이기도 했다.

나는 온갖 유혹과 위험이 난무하는 거리를 헤치고 앞으로 걸어
갔다. 나는 이 곳에 있어서는 안되는 녀석을 찾고 있는 것이었고
위험한 이 곳에서 생존하는 방법을 찾고 있는 중이었다.

약국과 치킨집 중간의, 입간판 사이의 문으로 들어갔다.

2층 르네상스 호프집과 연결된 좁아터진 계단으로는 쉬지 않고
젊은 다리들이 오르내렸다. '18세 이하 청소년 입장 금지' 라는 푯
말이 붙은 문을 열고 안으로 들어가자 매연보다 더 지독한 담배연
기, 화장품 냄새, 고막을 찢을 것 같은 락뮤직이 몸을 흔들리게 했

다. 사방에서 불어오는 차가운 에어컨 바람으로 현기증이 일었다.

고등학교 1, 2학년 또래의 여자아이가 20대 남자의 무릎에 걸터앉아서 벌겋게 물든 머리카락을 흔드는 것이 보였고, 그 앞자리에 앉은 또다른 여자아이는 족히 30은 넘었을 아저씨의 머리를 두 손으로 쥐고 입을 맞추고 있었다.

나는 그 아이들이 학교 선생님하고 키스하는 것 같은 착각이 들었다. 왜 그런 상상이 드는 것인지 알 수 없었지만 나는 이미 겉으로 드러나는 사람의 모습 뒤에는 생각하기조차 싫은 또다른 인간의 모습이 도사리고 있음을 알고 있었다. 물론 창을 통해서였다.

부산의 집을 도망쳐 나온 15살 계집아이와 하룻밤을 지낸 40대의 뚱뚱한 남자가 근처 교회의 목사라는 사실은 세상에 대한 나의 시력을 더욱 밝혀주었고, 우연히, 정말로 우연히 나의 아버지가 가끔 이곳을 드나든다는 사실을 알게 된 것은 내가 디디고 선 땅에도 지진이 일어날 수 있다는 것을 깨닫게 해주었다.

창을 통해 억지로 인사를 나눈 적이 있었던 빨간머리의 계집아이가 물었다. 나이는 나하고 같거나 더 어릴 것 같았지만 그녀는 대뜸 반말이었다.

"어머, 교수 아드님이 여긴 웬일이니?"

약간은 조롱하는 듯한 말투였다. 한번도 여자의 손을 잡아 보지 못한 설익은 남자아이를 우습게 아는 계집아이의 말투였다. 계집아이는 가소롭다는 듯이 배시시 미소를 짓고 있었다. 나는 학교에서 왕따 당하는 아이답게 대답했다.

"누나, 혹시 창 여기 안 왔어요?"

나는 내 나이 또래에 학교를 과감히 뛰쳐나온 아이들을 두려워하거나 존경하는 것이 틀림없었다. 어린 계집아이에게 누나라는 호칭은 왜 붙인 것일까? 나는 속으로 무지하게 내 자신이 창피스러웠다.

허벅지가 거의 다 드러난 핫팬츠를 입은 또 다른 여자아이가 몸을 비비꼬며 나를 쳐다보았다. 나를 쳐다보면서도 내가 누구인지 잘 알지 못하겠다는 눈빛이었다. 본드나 마약에 취한 눈이었다.

"야 쪼다! 창이는 뭣 하러 찾어? 여기서 우리랑 놀지."

나는 혹시나 그 아이에게 잡히면 어떻게 하나 하는 두려움으로 몸을 움추렸다. 본드나 마약에 취한 아이들의 위력은 상상을 초월하기 때문이었다.

한 달 전 창, 그리고 그와 친한 계집아이들을 따라 창의 숙소에 들렸다가 본드를 마시고 달려드는 계집아이의 손을 뿌리치기가 여간 어렵지 않았었다.

나는 젖먹던 힘을 다 쓰고서야 그 계집아이의 손에서 벗어날 수 있었던 것이었다. 그 때 계집아이들은 내 뒤에다 손가락질을 하면서 얼마나 웃어제꼈던가.

"저런 병신! 호호호…"

나는 잘못하면 여기에서 꼼짝없이 붙들리겠구나 하고 생각하고 있었다.

"창이형 저기 있어!"

구원의 손길같은 말소리였다. 중학교 1학년 정도의 체격에 옷도 여성스럽게 입은, 나보다 한 두 살 정도 어려 보이는 남자 아이가 컴컴해서 보이지 않는 깊숙한 실내를 머리로 가리켰다.

한번도 그 속으로 들어가 보지는 못했지만, 그곳은 호프집과 아주 밀접한 사람들이 사용할 수 있는 비밀의 공간처럼 느껴졌다. 이쪽과 저쪽 사이에는 두터운 커튼이 내리워져 있었다.

"쟤들 저러다 언제 걸려두 크게 걸리지."

30대 남자의 머리를 오른팔로 감고 있던 계집아이가 말했다.

"말만 하지 말고 누나가 말리지 그래…"

나는 계집애처럼 말을 하고 제스처를 취하는 꼬마삐끼의 말이 채 끝나기도 전에 동굴같은 그 곳으로 들어갔다.

창이를 비롯한 남자아이 넷이 같은 수의 여자아이들과 심각한 대화를 나누고 있는 것 같았다. 남자아이들은 거의 다 서 있었고, 여자아이들은 당구대 위에 걸터앉아 술병으로 나팔을 불고 있었다.

내가 접근해 가자 창이가 눈으로 반가운 기색을 보이면서도 앞에 있는 여자아이들에게 더 신경이 쓰이는지 바로 그들에게 시선을 보내는 것이었다.

"야야야, 얘들아 그러지 말구… 응? 우리가 너희들에게 잘 해주고… 돈도 많이 썼잖아. 안 그러냐?"

　보아하니 여자아이들이 튕기고 있는 것 같았다. 술병으로 나팔을 불던 여자아이가 당구대에서 엉덩이를 내리더니 삿대질을 하였다.

　"너희들 지금 장난하냐? 그것도 쓴 거냐?"

　"아휴… 30만원이나 썼는데…오늘 우리가 돈 무지 많이 썼으니까 한번 제대로 놀아 봐야 하는 것 아니겠어?"

　"제대로 노는 것이 뭔데?"

　리더격인 여자아이가 머리를 내밀고 입을 삐죽거렸다.

　"야, 잘 알면서 제발 내숭 떨지들 마라. 너희들 저번에도 옆동네 애들하고 논 것 다 알고 있어. 너희들이 잘 가는 여관이 따로 있다며… 우리는 그렇게는 못하겠고, 그냥 여기서 하자. 커튼도 쳐져 있는데 뭐가 어떠냐. 저렇게 커튼 쳐져 있으면 아무도 안 들어와."

　"돈도 없으면서 놀기는 뭘 놀아. 우린 이런 그지 같은 곳에서 놀기 싫으니까 딴 데 가서 알아 봐. 야, 우리 여기서 나가자."

　리더격인 아이가 친구들에게 고개짓하며 백을 집어들었다. 남자아이들의 주장이 먹혀들어갈 정도로 여자아이들은 그리 호락호락해 보이질 않았다. 하긴 르네상스 호프집에 들어섰다는 사실은 여자아이들이 보통이 아님을 암시하는 것이었다. 보통 아이들이 드나드는 곳이 아니기 때문이었다.

　"아휴, 이걸 확!"

　창이가 때릴 듯 손을 치켜 올렸다. 나는 녀석이 여자들에게 그런 모습 보이는 것을 본 적이 없었다.

"어쭈구리… 사람을 치겠다는 말씀인데… 어디 쳐 봐. 돈 벌어 놓았으면 한번 쳐 봐."

여자아이가 고개를 창이의 턱밑으로 들이대었다. 맞고 싶으니 제발 때려 주세요 하는 자세였고, 반격이었다.

오늘의 미팅을 위해선지 창이는 새로 이발한 모습에, 목에는 금목걸이가 길게 늘어져 있었다. 녀석은 산전수전 다 경험한 것 같은 자신감을 풍기고 있었다. 하긴 녀석은 학교에 다닐 때에도 어른스러웠었다.

창이가 다시 한 번 힐끗 나를 쳐다보고는 담배꽁초를 창 밖으로 내던졌다. 그리고는 잠시의 틈도 없이 주먹으로 얼굴을 들이밀고 있는 그 여자애의 턱을 돌리고 말았다.

퍽! 소리가 났고, 여자아이는 피를 흘리며 180도 돌아 나선형으로 주저앉았다. 나는 지금껏 녀석이 자신보다 약한 사람을 때리는 것을 본 적이 없었다.

"그래. 소원대로 쳤다! 또 얻어맞고 싶은 년 있으면 나와!"

창이가 고함을 질렀고, 여자아이들은 조금 전의 그 기세등등함은 어디에 버렸는지 금방 사색이 되어 구석으로 주르르 밀려들어 갔다.

"내 말 잘 들어라. 옷들 벗어!"

"왜, 왜 그래 오빠!"

"오빠고 아저씨고 상관없으니 어서 옷 벗어! 안 벗어?"

기세가 오른 다른 녀석이 큐대로 당구대를 내리쳤다.

여자아이들은 누가 먼저랄 것도 없이 허겁지겁 옷을 벗기 시작했다.

나는 눈을 감지 않을 수 없었다. 여자아이들의 젖가슴이 내 눈에 들어왔다. 나는 눈을 떴다가 감았다가, 시선을 바닥에 두었다가, 그러다간 슬쩍 여자아이들을 바라보았다.

나는 어쩌다가 이곳에 나타나 이런 장면을 목격한단 말인가. 구석에 앉아 있던 여자애가 벌떡 일어났다.

그녀는 단단히 골이 난 표정이었다. 그녀는 흥! 하고 콧방귀를 뀌더니 남자아이들을 우습게 여기는 표정으로 당당하게 머리를 꼿꼿이 들고 발을 옮겼다.

"야 새리, 너 어디 가는 거야?"

창이 기가 막힌지 허리에 두 손을 대고 삐닥하게 쳐다보았다.

"내가 어딜 가든 뭔 상관?"

"뭐라구?"

창이 새리라는 그 아이에게 다가서더니 역시 주먹으로 얼굴을 때렸다. 학교에서 나를 괴롭히던 아이들에게 하듯 그 여자에게 주먹을 휘둘렀지만 느슨하게 감아 쥔 주먹아닌 주먹이었기 때문에 그리 큰 타격이 될 리 없었다.

나는 새리라는 그 아이의 얼굴에 피가 보이지 않는 것에 적잖이 위로를 받았다.

새리는 지지 않겠다는 듯 창을 째려보았다. 남자아이들이 '아쭈-' 하고 비아냥거렸다. 다른 여자아이들은 모두 겁을 먹고 있는데 혼자서만 반항하는 것을 보면 새리는 첫인상 만큼이나 그리 만만한 아이는 아닌 것 같았다.

"개새끼!"

남자아이들은 어안이 벙벙해진 표정으로 서로의 얼굴을 바라보았다. 그러면서 그녀에게 몰매를 때릴 태세를 취하는 것이었다. 겁이 난 여자아이들은 비명을 질러 대었고, 개중에는 '새리야 시키는대로 해!' 하고 사정하는 아이도 있었다.

누군가가 새리의 머리카락을 틀어 쥐었다. 무식하게, 그리고 야만스럽게. 창이 약한 자를, 더군다나 여자아이를 구타하는 행위를 한번도 본 적이 없었던 나는 그 자리를 벗어나고 싶었다.

이번에는 다른 남자아이가 주먹을 쥐고 새리라는 아이에게 달려들었다.

"화장실에 간단 말이야, 이 자식아!"

그러자 그 남자아이가 뒤로 물러섰고, 창이 그 사이를 비집고 들어갔다.

"정말이지? 도망갈려고 그러는 것 아니지?"

"치사하게 도망가지는 않는다. 믿지 못하겠거든 따라와. 이 빌어먹을 새꺄!"

그제서야 남자아이들의 얼굴에서 공격성이 사라지면서, 그들의 목소리도 부드럽게 변했다.

"화장실 간다고 진작에 말했으면 맞지 않았지. 하여튼 너는 시도 때도 없이 째려보는 듯한 그 쌍판이 문제야. 어서 갔다 와.”

창이 말했고, 새리가 화장실로 향하기 위해 몸을 돌렸다. 그때 다른 아이가 그녀의 뒤꽁무니를 붙들었다.

“야, 너도 윗도리 벗어 놓고 가. 씨발 년, 저러다가 토낄라.”

새리는 머리를 돌려 그렇게 말한 녀석을 째려보았다.

난 아까 전부터 그녀를 보고 있었다. 왠지 내 가슴이 두근거렸다. 수줍어하는 성격의 내가 여자의 얼굴을 그렇게 쳐다본다는 것은 생각할 수 없는 일이었다.

“너 변태니?”

“변태는 무슨… 니가 도망갈까 봐 그러지.”

새리는 서슴지 않고 상의를 벗어 그렇게 주문한 아이의 얼굴에 던져 버렸다. 새리는 노 브래지어였다.

나는 복숭아보다 더 작은 그녀의 가슴을 보고 말았다. 그녀는 자신의 가슴을 가릴 생각도 하지 않은 채 남자 아이들을 째려보았다.

“그래도 저년 도망갈지 몰라!”

한 아이가 말을 꺼내자마자 내가 나도 모르게 나서고 말았다.

“내, 내가 같이 갔다 올게.”

남자 아이들이 나를 보고 저건 어디서 굴러온 뼈다귀인가 하는 표정이었지만 창의 입가에는 미소가 그려졌다.

“소원대로 하시지요, 어린 왕자님.”

녀석은 나의 어깨에 손을 올리면서 말했다.

나는 새리를 따라 화장실로 들어갔다. 남자와 여자가 공동으로 사용하는 화장실이었다. 누가 있으면 어떻게하나 하는 걱정은 그곳에 발을 들여놓자마자 사라지고 말았다.

새리가 나에게 몸을 돌리면서 날카롭게 말했기 때문이었다.

"야, 옷 벗어!"

"…"

나는 뜨악한 표정으로 두 가슴을 노출하고 있는 그녀를 바라보았다. 얼굴이 아닌 그녀의 가슴을 본 것 같았다. 나의 시선이 그녀의 얼굴로 올라갔다.

그녀가 손을 들어 내 뺨을 때릴 것 같은 제스처를 취하면서 다시 외쳤다.

"옷 벗으라고 그랬잖아 새꺄!"

나는 무엇에 홀린 듯 점퍼를 벗어 그녀의 손에 들려주었다. 그녀는 재빨리 내 옷을 입으면서 문 반대편의 창가로 기어오르기 시작했다. 커다란 물통에 발을 디디고 깡마른 사람이 간신히 빠져나갈 수 있는 창문틀에 손을 매단 채 그녀는 자신의 몸을 올리기 위해 안간힘을 다하고 있었다.

나는 그 가관을 역시 멍청하게 쳐다만 보고 있었다. 여자 깡패를 만나 가진 것을 모두 빼앗긴 것 같은 느낌이었지만 그렇다고 굴욕감이 든 것은 아니었다.

초등학교 시절 어리벙벙한 삼촌하고 시골에서 버스를 탄 적이 있었다. 어느 지점에서 버스에 오른 여자가 삼촌에게 눈을 부라리며 이런 말을 한 적이 있었다.

"야, 너 일어나!"

그 여자의 의기양양함에 기세가 눌린 어리벙벙한 삼촌은 일어났고, 여자가 그 자리에 앉아서 목적지까지 간 적이 있었는데, 그때 삼촌의 기분이 지금의 내 기분과 비슷할 것이라는 생각이 들었다.

우유가 뿌려져 말라붙은 것같은 벽거울을 바라보자 내가 미소 짓고 있었다. 누가 문을 노크했다.

"한아! 그 년 무슨 오줌을 그리 오래 싼다냐? 거기서 뭘 해?"

그러고보니 나는 무심결에 문고리를 잠가 두었던 것이었다. 나는 열어 주고 싶은 마음이 손톱만큼도 없었다.

내 가슴을 두근거리게 하는 새리라는 계집애를 지켜 주고 싶었다.

"한아! 빨리 문 열어! 니네들 거기서 뭣들 하는 거야?… 야 이거 안되겠다. 너 카운터에 가서 열쇠 가지고 와."

발로 문을 차고 난리들이었다. 하지만 나는 여전히 문을 열어 주지 않을 참이었다.

새리는 창턱으로 상체를 잡아당기지 못해 안달을 하고 있었다. 내 생각으로는 그녀의 힘만으로는 도저히 그 곳까지 오를 수 없을 것 같았다.

"새리, 너 죽을 줄 알어!"

밖에서 악쓰는 소리들이 연이어 들려왔다.

“야, 빨리 와서 내 엉덩이 밀어, 새꺄!”

새리가 내게 눈을 부라리며 위협했다.

나는 고민하지 않고, 조금도 망설이지 않고, 창가로 다가가 새리의 엉덩이를 치켜올려 주었다.

그녀가 상체를 밖으로 절반쯤 빼냈을 때 문이 화들짝 열리면서 창을 비롯한 남자아이들이 우르르 밀려들었다.

“야, 너 빨리 안 내려 와? 오빠가 좋은 말로 할 때 내려 와!”

“미친 놈들! 엿 먹어라!”

새리는 그 말을 하고 자취를 감추었다.

나는 속으로 안도의 한숨을 내쉬었다.

“아, 씨발… 난 저년이 좋은데…”

한 녀석이 말하면서 나를 째려보았다. 하지만 녀석은 자신들의 리더인 창의 친구인 나에게 어쩌지 못하고 있었다.

나는 물통 뚜껑에 올려져 있는 새리의 가방을 집어 들어 어깨에 매었다. 다른 녀석들의 손에 들어가게 하고 싶지 않았다.

“어디서 학삐리 같은 것이 기사도를 발휘한답시고… 꼴값하고 있네…”

나는 한 대 얻어맞는 것을 각오하고 있었다. 그러나 내 어깨에 올려진 창의 손은 그런 위험에서 나를 구해 주었다.

“집에 무슨 일 있었어? 새엄마가 구박해?”

“…”

“… 사내자식이 그래도 참아야지… 이담에 커서 큰인물이 될 건데… 눈물을 아무 때나 보이면 안 되는 거야…"

석 달 만에 들은 엄마의 목소리는 여전히 따뜻했지만 그 마음마저 그런지는 확신할 수 없었다. 나는 다시 한 번 내가 가장 싫어하는 큰인물이 어쩌구 저쩌구 하는 말을 들었지만 수화기를 든 엄마에게 '엄마!' 라고 했을 때 솔직히 눈물이 날 것 같았다.

엄마가 '새엄마하고 같이 있기 힘들면 엄마한테 와서 좀 있다가 갈래?' 라고 했었다면… 나는 그 말이 듣고 싶었다.

나는 새엄마의 얼음처럼 차가운 시선과 나에 대한 아버지의 위선적인 친절을 더 이상 견딜 수 없었다. 내가 두 사람의 행복을 빼앗고 있는 것 같아… 솔직히 새엄마는 눈으로 나에게 그렇게 말하고 있었다. 나 홀로 먹어야 하는 저녁 밥상… 새엄마가 밥공기며, 나물그릇이며, 국그릇을 테이블에 던지듯 내려 놓을 때, 난 솔직히 내가 다른 사람, 그것도 가족의 부담이 되고 있다는 것을 알 수 있었다.

난 사람의 시선이 가장 무서워지고 있었다. 오늘도 그랬다. 방학을 맞아 고국을 찾은, 미국에 이민간 친구가 전화를 걸어 와 돈이 떨어졌는데 40만 원만 빌려 달라는 것이었다.

초등학교 시절 아주 친한 친구의 부탁을 들어주지 않을 수 없었다. 아버지에게 말할려니 중국에 출장을 갔고, 결국 나는 용기를 내어, 정말 용기를 내어 새엄마에게 물었다.

"어머니… 미국에 이민간 친구가 40만 원만 빌려 달라고 하는데 빌려 주시면 안 돼요?"

40만 원이라면 고등학생인 나에게는 아주 큰 돈이었다. 친구도 내가 아닌 나의 부모에게 부탁을 한 것이나 마찬가지였다. 그 친구의 부모와 나의 부모도 알고 지내는 터였다.

"40만 원? 너 지금 40만 원이라고 그랬니?"

"네…"

"40만 원이 무슨 애 이름인줄 아니? 나 없다."

새엄마는 가재눈을 하며 더 이상 말하기 싫은 표정으로 자기 방에 들어가 오디오를 틀었다.

"씨발…"

나는 중얼거렸다.

그동안 새엄마의 차가운 시선을 쭉 받아왔었지만… 저 시선을 한번만 더 받는다면 내가 없어지고 말 거라는 생각이 들었다. 인간이 저런 눈으로 다른 사람을 쳐다볼 수 있다니… 말로 형용할 수 없는, 지독한 수모였다.

반응이 그럴 거라고 짐작을 못했던 건 아니었다. 그러나….

단 한마디로 무시해버린 새엄마의 표독스런 무관심은 내 자존심을 형편없이 무너뜨렸다.

'차라리 돈을 훔치고 말 일이지…'

루치아노 파바로티라는 성악가가 부르는 '사랑의 묘약' 이란 노래가 집안에 울려 퍼졌다.

아름답기 그지없는 선율이었지만 나를 더욱 비참하게 만드는 효과는 만점이었다.

'바보같은 놈. 왜 그런 부탁을 입 밖에 내고 말았지?

그런 인간인 줄 몰랐던 거야? 도대체 어떤 대답을 기대한 거지?

그래. 꺼져 주자! 자기들 기분 외에는, 자기들 입맛 외에는 어느 것에도 관심이 없는 두 사람을 위해 영원히 사라져 주자. 욕실의 물소리와 파바로티의 노래가 만들어 내는 부조화처럼, 난 이 집에서 전혀 어울리지 않는 존재였다. '그럼, 난 진작에 사라졌어야 해!'

어쩌면 중학교를 졸업할 무렵, 엄마와 헤어진 아버지가 돈 많은 새엄마 덕분으로 이곳 압구정동에 이사를 왔을 때부터, 이 집엔 어울리지 않는 존재였을 것이다. 아버지가 많은 위자료를 엄마에게 건네주고 날 붙잡은 건 돈 많은 여자에게 홀려서 하나밖에 없는 아들까지 버린 교수라는 손가락질을 받기가 싫어서였을 것이다. 새엄마와의 안락함을 위해서라면 나 정도의 부담은 감수할 각오가 돼 있어야 한다는 것이 아버지의 속셈이었다.

헤어진 엄마 역시 아들에 대한 미련이 전혀 없진 않았겠지만, 홀가분한 처지라야 새 남자를 만나는데 도움이 되기도 할 것이었다.

아버지가 소중하게 간직하던 큼지막한 행운의 열쇠를 망설임 없이 집어들고, 집을 나선 건 어둑어둑 해가 질 무렵이었다.

보석상의 주인은 행운의 열쇠를 받자마자 내게 물었다.

"얼마가 필요한 거냐?"

"사십만 원이요."

연신 흐뭇한 표정을 감추지 못하던 주인은, 무려 오만 원을 더 얹어 주었다. 얼마나 값어치가 나가느냐고 묻지 않았던 건 내 실수이기도 했지만, 돈이 필요할 거라는 걱정은 하지 않았다.

나의 씩씩한 영웅, 창이만 만난다면 돈 같은 건 걱정을 안 해도 될 거라고 막연하게 믿었기 때문이다.

사십만 원을 빼앗듯이 받아들고 사라진 친구를 물끄러미 바라보다 지하철역으로 내려갔다. 2호선을 30분 가량 타고 난 뒤 내린 곳이 창이가 살고 있는 동네였다. 꽤 오랫동안 우리나라 수출의 상징처럼 행세하던 곳이었지만 이제는 싸구려 환락가로 각광받고 있는 누추한 거리. 2호선은 부자 동네와 가난한 동네를 한 줄로 묶어 주고 있었다. 네온이 명멸하기 시작한 거리의 하늘에는 비행기가 낮게 날며 어디론가 떠나고 있었다.

낯선 곳은 아니었다.

나는 녀석을 보러 몇 번 이 곳을 찾은 적이 있었다.

중학교에 입학하고 나서 심약한 내가 주먹질을 하는 아이들한테 왕따를 당하며 툭하면 화장실로 끌려가 무릎을 꿇은 채 매를 맞을 때, 그리 사나울 것 같지 않던 녀석은 홀로 화장실로 찾아와 4명과 싸워 나를 그들의 구속으로부터 해방시켜 주었었다.

"약한 자를 괴롭히는 자는 내버려 둘 수 없어!"

혼자서 4명을 당할 수 없었던 그는 결국 주머니에서 날이 시퍼런 스위스제 나이프를 꺼내 휘둘렀고, 그 기세에 지역 폭력조직과 연결되어 있다면서 거드름을 피우던 놈들은 혼비백산 도망을 갔었다.

내가 보기엔 나를 괴롭힌 녀석들이 악마였지만 선생님은 나를 구한 그 아이를 악마 취급했었다. 하지만 녀석은 단 한번도 선생님을 불평하지 않았다. 난 그점이 참으로 이상했었다.

우리 반 아이들은 소위 논다는 아이들의 집안이 좋은 반면, 나를 구한 아이의 집안은 가난하기 때문일 것이라 수근거렸지만 녀석은 그런 말을 들었는지 못들었는지 일체 내색을 하지 않았다.

깡패 녀석들 가운데는 아버지가 판사, 경찰서장, 의사인 아이도 있었다. 하지만 녀석은 한 눈에도 지독한 가난뱅이였다. 등록금을 몇 개월씩이나 밀려 툭하면 선생님에게 불려 가 주의를 들었던 것으로 기억된다.

건설 현장 노동자인 아버지가 임금을 받으면 집에 들어오지 않고 술과 여자에 모두 탕진하는 바람에 자신은 나오지 않는 엄마의 말라빠진 젖꼭지를 빨면서 자랐다는 녀석은 나이에 비해 체구가 적었지만, 아무도 그를 건드리지 못했다.

나는 녀석 주위를 벗어나지 못했고, 녀석은 약한 나를 곁에서 지켜주었다. 학교가 파하면 나는 녀석에게 떡복이며 우동을 사 주었고, 녀석은 맛있게 먹어 주었다.

나는 고등학교를 졸업할 때까지 녀석에게 떡복이며 우동을 사

줄 생각이었다. 하지만 녀석은 내 기대를 저버리고 중학교도 마치지 못한 채, 내 곁을 떠났었다.

어머니가 고생하는 것을 더 이상 지켜만 볼 수 없다면서 일찌감치 학교를 때려치우고 소위 취직이란 것을 했다는 녀석을 찾아야만 했다.

녀석은 르네상스 호프집에서 그렇게 나를 다시 만났고, 나는 화장실 창문으로 도망치는 새리의 야무진 눈동자를 만난 것이었다.

2

소녀

세챠게 고개를 흔드는 내 앞에
온통 넝마를 뒤집어 쓴 곱상한 여자애가
나를 똑바로 쳐다보며 야멸찬 눈초리를 보냈다.
"너와 난 쓰레기야!
세상 사람들 모두가 싫어하는 쓰레기!"
그 아이는 눈물을 가득 머금고 있었다.

아이들이 툴툴거리면서 먼저 자리를 뜨자 나는 창을 따라 밖으로 나왔다. 거리는 더욱 화려한 얼굴로 치장하고 흔들리는 영혼들을 유혹하고 있었다. 우리는 비틀거리는 군상 사이를 비집고 걸었다.

"그런 애들은 그냥 그렇게 대해도 되는거야."

창이 여자를 보호하기 위해 섣부른 짓을 한 나에게 인생을 그렇게 살아서는 안 된다는 듯이 가르쳤다. 하지만 나는 이 아이들과 어울리기 싫어 힘들게 도망간 새리라는 아이의 얼굴이 눈앞에 삼삼했다. 큰 눈동자, 아무렇게나 흩어진 머리카락, 거친 말이나 공격적인 표정과는 달리 균형잡힌 몸매… 그리고 제법 귀여운 얼굴… 말할 때마다 드러나는 뾰족한 송곳니가 묘하게 사람을 잡아끄는 구석이 있었다. 본 지 2, 3분도 되지 않았지만 정체를 알 수 없는 그녀의 야성적인 눈동자가 머리에서 떠나지 않았다.

"걔는 싫대잖아."

내가 새리의 대변자처럼 말했다.

"싫어? 그거 싫어하는 계집애들은 없는 거야. 가끔 내숭들을 떨기도 하지만."

"…"

새리는 정말 싫어할 것 같았다… 창이 아무리 그렇게 말해도. 창은 내 생각을 알아챘는지 다시 말을 이었다.

"너 혹시 그년 마음에 있는 것 아냐?"

화려한 네온사인 속으로 내 얼굴이 순간적으로 붉어진 것을 감출 수 있어서 다행이었다. 녀석은 그렇다고 얼굴을 들이대고 내 표정을 살피려고는 하지 않았다.

"그래도… 싫으면 싫은거지…"

"너 내 말 안 믿기지? 그거 싫어하는 년놈은 하나도 없어. 인간이고 동물이고 간에 그거 싫어하면 너나 나는 이 세상에 태어나질 않았어. 창조주가 그렇게 만들어 놓으셨단 말이야, 임마. 너도 딱지를 떼게 되면 다 알게 돼."

딱지 뗀다는 것이 무슨 의미인지 처음으로 가르쳐 준 녀석이 바로 창이었다. 중학교 3학년 때 녀석은 우리집에 놀러 와 가방에서 비디오 테이프 하나를 꺼내 보여 주었었다. 거기에는 남자와 여자가 그짓을 하는 충격적인 장면이 담겨져 있었는데 녀석은 내가 놀라는 것을 보면서 '니가 아직도 저런 것을 모르고 있었다면

늦어도 심각하게 늦은 것'이라고 걱정한 바 있었다. 하지만 나는 아직 그 딱지라는 것을 뗀 적이 없었다.

우리는 차들이 무섭게 쌩쌩 질주하는 도로를 무단횡단하여 아치형 터널로 이어지는 보도로 나왔다.

"너 얼루 갈 꺼야?"

창이 물었다. 그러고보니 나는 갈 곳을 정하지도 않은 채 집을 나온 것이었다. 더 솔직히 말하면 녀석을 찾아오면 먹고 자는 것이 저절로 해결되리라 믿었을지도 모른다. 나는 여전히 녀석을 의지하고 있었다. 그러나 난 엉뚱하게 대답했다.

"몰라."

집으로 돌아가지 않겠다는 암시였다. 공부만 못했지 눈치라면 그 누구보다 빠른 창이 내 말을 못 알아들을 리 없었다. 녀석은 자신의 입으로 나에게 가출하라고 말할 정도로 나하고 먼 사이가 아니지 않은가. 창은 비록 남들이 하수도 구멍이라 손가락질하는 환락가에서 먹고 살지만(자신들도 드나들면서) 나를 그 곳으로 들어오라고 유혹하는 나쁜 녀석이 아니었다. 그래서 나는 녀석이 믿음직스러운 것이었다.

"돈 있어?"

창이 안색하나 변하지 않고 물었다.

"아니?"

나도 주저없이 대답했다.

"배고프지?"

"…"

당연했다. 나는 배가 고팠다. 아침에 우유에 시리얼을 말아 먹은 것이 전부였다.

창도 느닷없는 나의 가출에 당황해하는 것이 틀림없었다. 녀석은 어떡할까하며 잠시 망설이더니 안주머니에서 휴대폰을 꺼냈다. 신형이었다. 값도 비쌀 뿐만 아니라 인기품목이라서 신청해 놓고 보름을 기다려야만 손에 쥘 수 있다는, 아주 예쁘게 생긴 전화기였다.

"돈두 많다?"

그냥 해 본 소리였다.

"내가 언제 이런거 내 돈 내구 사는 거 봤냐?"

녀석은 다이얼 버튼을 눌렀고, 신호 가는 소리가 분명하게 내 귀에 들어왔다. 귀뚜라미가 시골 숲에 숨어서 우는 소리였다. 엉뚱하게 전기도 없고, 차도 들어올 수 없는 깊은 산 속의 초가삼간이 상상되었다.

"어, 누나 저에요, 창이요… 저 지금 친구랑 같이 있는데 누나네 집 가면 안 돼요?… 네네… 알았어요… 고마워… 누나…"

나는 녀석이 누나라는 여자에게 나를 맡기려는 것 같아 겁이 더럭 났다. 사람들의 날카로운 시선은 세월이 흐를수록 더욱더 나를 옥죄고 있었고, 그래서 나는 새로운 사람을 만나는 것이 두려웠다.

"누군데?"

“가 보면 알아.”

창은 지나가는 택시를 불러 세웠다.

택시에 몸을 실으면서 내가 정말로 집과는 멀어지고 있구나 하고 생각했다. 아버지, 엄마, 새엄마의 얼굴들이 각기 다른 표정으로 스쳐 지나갔다. 그러한 얼굴들이 기억되지 않는 삶을 살아갈 수 있다면…

택시 안에서 창은 지금 찾아가는 누나가 초등학교 5학년때 처음 알게 된 같은 반 친구의 누나라고 설명해 주었다. 녀석은 친구의 방에서 잠을 자다가 누나와 친하게 되었다고 하는데… 그래도 나는 이렇게 늦은 시각에 더군다나 낯선 나를 데리고 찾아가도 되는 것인지 이해가 되지 않았다.

“이렇게 늦었는데 미안하지 않아?”

내가 겁이 나서 물었다.

“괜찮아. 누나는 나를 친동생 이상으로 좋아해 주고 있거든.”

창은 자신만만했다.

“누나의 친동생도 같이 있을게 아냐? 니 초등학교 동창 말이야?”

“누나는 혼자서 살고 있어. 내 친구녀석은 내가 자기 누나와 친하게 지내는 줄 몰라. 머저리 같은 놈.”

“그래?… 어떻게 그럴 수 있니?”

녀석은 낄낄거리며 웃다가 말했다.

"친구네 집에서 놀다가 보니까 내가 잠을 잤던 것이 아니겠어. 후다닥 깨어나 보니 옆에 누가 자고 있더란 말이야… 고등학교 다 니는 누나야, 와 그런데 누나가 속이 훤히 들여다보이는 핫팬츠를 입고 다리를 쫙 벌리고 있더란 말이야. 호기심에 살살 다가가 들 여다보았지… 그런데 갑자기 누나가 눈을 뜨더니만 다짜고짜로 나를 확 껴안는게 아니겠어… 와 그때는 대가리 뚜껑이 빠지는 것 같더라니까. 히히히…"

나는 창피해서 죽는 줄 알았다.

운전사가 자꾸만 뒤를 쳐다보더니만 결국 입을 열고 말았다.

"젊은 친구, 그건 자네가 먹은 것이 아니라 그 여자한테 먹힌 거야. 아무것도 모르면서 날뛰고 있구만 하하하…"

"…"

창은 목적지에 도착할 때까지 입을 꼭 다물고 있었고, 운전사 는 간혹 백미러로 그런 그를 확인하면서 고소하듯 미소를 지었다.

우리는 택시에서 내려 손수레 하나 겨우 지나갈 정도로 좁아 터진 골목길을 한참 걸어 들어갔다. 양 옆으로 샤시문이 나란히 이어지고 있었다. 방 하나에 부엌이 하나 달려있는 사글세방들인 것 같았다. TV을 통해서도 보았지만 창을 따라서 전에도 이런 곳 에 와 본 적이 있었다.

창은 문고리에 코끼리 인형이 달려있는 곳에서 발을 멈추었다. 노크를 하자, 안에서 '들어와!' 하는 여자의 목소리가 들렸다.

누나라는 그 여자는 우리를 방안에 밀어넣고 부엌에서 금방 음식을 준비해 들어왔다.

나는 수저를 두 번이나 입에 가져간 후에야 '잘 먹겠습니다' 했다. 누나는 '응' 하고 대답해 주었다.

우리는 정신없이 음식을 입으로 옮겼고, 누나는 의자에 다리를 꼬고 앉아 담배를 피우면서 우리를 내려다보았다. 나는 핫팬츠 차림으로 거의 다 드러난 누나의 허벅지로 시선을 돌릴 수 없었지만, 창은 전혀 신경이 쓰이지 않는지 자연스런 시선으로 자주 누나의 얼굴을 바라보았다. 나는 고개를 푹 수그리고 열심히 먹었다.

"누나?"

창이 입에 김치를 물고 물었다.

"응?"

"술 마셨어?"

"아르바이트 갔다 왔거든…. 니 친구, 정말 귀엽게 생겼다…"

누나라는 여자는 내 얼굴을 빤히 쳐다보았다. 난 정말 여자가 내 얼굴을 빤히 쳐다보면 어쩔 줄 몰라했다. 우리 반 계집애중에서도 가끔 그런 애가 있는데 그럴 때 계집애는 눈도 깜박하지 않았다. 누나는 그 정도는 아니었지만 하여튼 나를 빤히 쳐다보는데 시선을 돌리자니 쪽팔릴 것 같고, 그렇다고 그 시선에 같은 시선으로 대응할 자신이 없었다.

나는 얼굴이 벌개졌지만 그래도 남자인데 어떤 식으로든 반응을 보일 필요가 있다고 생각했다. 그래서 누나를 쳐다보았다. 누나가 반색을 하며 허리를 구부려 손으로 내 턱을 쓰다듬어 주었다.

창은 피식 웃었다. 나도 미소를 지었다.

허겁지겁 식사를 마치고 상을 부엌으로 밀어내자마자 누나는 자리를 폈다. 군데군데 색깔이 있는 감으로 덧입혀진 누더기 이불이었다.

"이 이불 보니까 피난 온 것 같다."

창이 말했다.

"나도 그래. 그래서 나는 오히려 정감이 가는데."

누나가 대답했다.

좁은 곳이었지만 의자를 화장대 위로 올리자 세 사람이 그럭저럭 발을 뻗을 수 있었다.

낯선 사람에게 이처럼 쉽게 잠자리를 제공해주는 사람이 있다니… 그것도 남자들인데… 나의 집에서는 어림도 없는 일이었다. 나를 낳은 엄마는 시골에서 누가 올라오면 그 사람이 자고 간다고 할까 봐 겁부터 집어먹었고, 상대방이 잠자리에 대해 언급하기 전에 '여기서 오른 쪽으로 300미터만 걸어 나가면 깨끗한 모텔이 있다' 는 식으로 손님을 밖으로 몰아냈었다.

나는 문쪽, 누나는 가운데, 창은 벽쪽에 누웠다. 그러고 보니 나와 창은 발도 씻지 않았다. 간간히 들리는 코고는 소리는 창의 것이었고, 지독한 담배연기는 누나의 것이었다. 누나는 누워서도 재주 좋게 담배를 피우고 있었다. 누나는 미친 여자처럼 혼자서 중얼거렸다. 누구를 향해 하는 소리인지 몰랐지만 혹시 나에게 하는 말인 것 같아 겁이 났다.

"야, 난 열일곱에 집 나와서 여지껏 혼자 살았다. 나와서 사는 게 속 편하지, 집구석이라고 거지 같아서 말이야…난 명절 때두 집에 안 가. 나 가구 싶을 때 가던가, 아님… 돈 생기면 그런 때 가지 뭐. 가 봤자 속만 꿀꿀 해지구…"

나는 잠든 척 기척을 하지 않았다. 창이처럼 코를 골고 싶지만 나는 그럴 정도로 용기가 있는 놈은 아니었다. 가슴이 두근 거렸다. 누나의 말이 어떤 식으로 이어질지 두려웠다.

누나가 발로 내 발을 찼다.

"한이 자니?"

"…"

나는 죽은 것처럼 움직이지 않았다. 숨도 멈추어졌다.

그때 누나의 손이 내 사타구니로 파고 들어왔다. 이럴 때는 어떤 식으로 반응을 해야 하는 것인가. 누나의 손을 뿌리치자니 바보가 되는 것 같고, 그렇다고 누나의 요구를 들어주자니 내 자신이 준비가 되지 않은 것 같았다. 털이 시커멓게 무성해진 내 물건은 금방 성을 내며 부르르 반응을 보였지만 난 참아야 했다.

창이의 말마따나 나는 아직 딱지를 뗄 생각이 없는 것이었다.

"아이구 요 녀석 탐스럽게 생겼네… 큼지막한것이 딴딴하고… 너 아직 경험 없구나? 응?"

누나가 내 귀를 살짝 깨물었다.

이젠 자는 척 할 수도 없었다. 나는 숨을 죽이고 죽어라 가만 있을 수밖에 없었다. 그러면서 몸을 반대쪽으로 뉘었다. 그것만이 내가 취할 수 있는 최선의 방어책이었다.

"왜 그래, 괜찮아, 괜찮아. 누나는 니가 귀여워서 그런거야… 누나가 만지는 것은 괜찮은 거야."

나는 결국 몸을 움추렸고, 누나는 손을 빼고 똑바로 누웠다.

다시 담배를 입에 문 누나는 한참 동안 방안을 연기로 채우더니 독백처럼 주절거렸다.

"그래, 그래. 이담에 좋은 여자 만나면 실컷 할 수 있지 뭐. 아무나 밝히는 내가 나쁜 년이야. 편하게 자거라. 응?"

누나는 담배를 머리맡 재떨이에 부벼끈 후 바로 잠든 것 같았다. 나는 사람들의 발자국소리가 들리기 시작하는 새벽녘까지 잠을 이룰 수가 없었다. 온갖 불안한 상념들이 꼬리를 물었다.

앞길이 어디로 향하는지 알지 못하는 채, 길을 떠나야 하는 나그네처럼…

지금쯤 새엄마는 어떤 기분일까? 고소해하면서도 출장에서 돌아올 아버지 때문에… 경찰서에 가출신고를 내고… 혹시 내가 대구에 살고 있는 엄마에게 내려갔나 해서 그 쪽으로 전화를 하지 않았을까… 엄마는 내가 가출한 줄 알고 울고 있을까… 그러지 않을 것이다… 엄마가 늘 바라던 대로 고고하고 이성적이며 여자만을 위해 헌신하는 남자를 만나 행복하게 살고 있을까? 하긴 젊은 시절의 지성적인 풍모를 헌신짝처럼 팽개치고, 겉으로는 권위 있는 대학교수이면서도 오로지 돈과 섹스만을 밝히는 아버지를 떠난 그 자체만으로도 엄마는 행복에 겨워할 지 모른다.

그런 엄마에게 자식의 가출은 어떤 의미로 다가올까? 그냥 한때의 철없는 방황이라고 치부해 버리고 말까? 아니면 자식의 가출로 자신이 귀찮아지지나 않을까 걱정할지도 모른다.

그렇진 않을 꺼야. 절대.

고개를 세차게 흔드는 내 앞에 화장실 창문으로 도망쳐 버린 여자아이가 야멸찬 눈초리를 보낸다. 곱상한 얼굴에 온통 넝마 같은 옷을 뒤집어쓰고 똑바로 나를 쳐다본다.

"너도 이젠 쓰레기가 되었어. 알아? 너와 난 세상사람 모두가 싫어하는 쓰레기란 말야!"

그 아이는 눈에 눈물을 가득 머금고 있었다.

내가 그 아이의 손을 잡으려 하자 그 아이는 재빨리 창문으로 연기처럼 사라지고 말았고 나는 소리쳤다.

"가지 마, 가지 마!"

누나가 제일 먼저 일어나 이불을 잡아당기는 바람에 나와 창이는 눈을 떴다.

"어서들 일어나… 나 출근해야 돼."

누나가 이불을 접어 한쪽으로 밀어넣는 동안 나와 창이는 옷을

 눈물

입었다. 손바닥 두 개 합친 정도의 창문으로 들어온 햇빛에 뽀얀 먼지가 일어나는 것이 보였다.

누나는 이미 화장까지 마치고 외출복으로 갈아입은 상태였다. 누가 보아도 큰 기업체에 근무할 법한 정숙하고 세련된 모습이었다. 밤에 나의 남성을 만지작거린 여자라는 사실이 믿기지 않았다. 나는 눈으로는 방안을 보면서도 마음으로는 새리라는 계집아이를 생각하고 있었다. 왠지 가슴이 아렸다. 면도날로 베인 것처럼.

"자자, 어서들 나와. 어서.."

누나는 신발을 신으면서 재촉했고, 우리는 할 수 없이 무거운 엉덩이를 들고 밖으로 쫓겨났다. 투박한 미제 자물통을 고리에 건 누나는 종종 걸음으로 골목길을 빠져나갔다. 내가 눈을 뜬지 채 5분도 지나지 않았을 것이다. 우리는 무의식적으로 누나의 꽁무니를 따라갔다. 그렇다고 누나가 자신을 따라오라고 말한 것도 아니었다. 나는 다른 곳으로 가고 싶었지만 창은 그런 누나를 열심히 쫓아갔고, 나는 또 그런 창이를 열심히 쫓아갔다. 복잡한 전철역 앞에서 누나는 샌드위치와 커피를 파는 노점상 앞에서 발을 멈추고는 우리에게 손짓했다.

"애들한테 빵좀 주세요."

누나는 토스트 한조각을 자신의 입에 물린 후 지갑을 열고 노점상에게 주고는, 만 원짜리 지폐 대여섯 장을 더 뽑아 창의 손에 들려 주었다.

"바빠서 나 먼저 간다, 또 놀러 와!"

누나는 손을 흔들면서 나에게 윙크해 주었다.

누나가 인파 속에 묻히는 것을 확인하고 나서 창이 누나에게서 받은 돈에서 서너 장을 뽑아 나에게 주었다. 예전 같았으면 받지 않겠지만 나는 주저없이 받았다. 예전에는 돈을 주는 쪽이 바로 나였다. 우리는 빵을 씹어먹으면서 걸었다.

"야, 그런데 저 누나가 왜 너에게 돈을 주는 거냐?"

나는 정말 이해가 되지 않았다. 창이 정말로 이런 아둔한 녀석 처음 본다는 시선으로 나를 보고는 기가 막힌지 혀를 찼다.

"내가 가끔씩 들려 누나를 즐겁게 해 주거든. 일종의 서비스 대 가지."

"… 그렇다면 누나가 너에게 돈을 받아야지. 니가 왜 돈을 받 냐?"

창이 발을 멈추었다.

"너 정말 모르고 묻는 거냐, 아니면 내숭을 떠는 거냐?"

"몰라서 묻는 거야."

나는 당당하게 대답했다.

"넌 남자만 여자를 돈 주고 사는 줄 알지? 여자도 남자를 돈 주 고 산단 말이야, 이 머저리야. 너 남자만 술집에서 여자 빤스 벗기 고 장난치는 줄 알지? 여자도 그런 짓을 하는데 그 장난이 정말 장난이 아니야. 너 육체파 탈렌트 K알지? 그년은 호스트바에서 남자를 사면 반은 죽여 놔. 내가 잘 아는 형도 지독하게 당해서,

그년이 아무리 돈을 많이 준다고 해도 안 가… 언제고 길거리에서
마주치면 죽여 버릴 거래, 그 형이…”
　창은 그러면서 킥킥거렸다.
　“말도 마… 그형 일주일 동안 걷지도 못했어…”
　창이 내 옆구리를 팔꿈치로 찔렀다.
　“너 어제 밤… 나 잠든 다음에 그 누나랑 했지?”
　“…”
　녀석은 누나가 그런 식으로 남자아이들에게 덤빈다는 사실을
잘 알고 있으리라. 창이 피식 웃었다.
　“누나한테 들어가 임마, 재워 줘, 먹여 줘, 빨래해 줘, 용돈
줘…. 그 정도면 거지 같애두 참아야지…. 나 간다.”
　녀석은 냉정하게 돌아서 가버렸다. 나는 오늘도 녀석이 나를
데리고 다닐 줄 알고 있었다. 중학교 내내 나한테 거의 하루도 거
르지 않고 우동이며, 번데기며, 떡볶이를 얻어먹은 녀석이 저럴
수 있을까 싶었다. 누나가 나보고 귀엽다고 해서 샘이 나서 그런
가… 그런데 누나한테 들어가라는 소리는 무슨 뜻인가.
　나는 치사해서 저 멀리 빠른 걸음으로 어딘가로 향하는 창을
뒤따라 가고 싶지 않았다.

　나는 한동안 지하철 계단에 앉아 있다가 사람들의 발길이 뜸해
졌을 때 엉덩이를 들었다. 어디로 갈까하는 망설임은 오래 지속되
지 않았다. 내 발은 자연스럽게, 어제 창이 녀석을 만났던 부근으

로 향하고 있었다.

어제는 택시를 타고서 이 길을 왔지만 지금은 느린 발걸음조차 빠른 것 같아 조바심이 났다. 빨리 도착하지 않았으면 했지만 결국 나는 기대보다는 훨씬 빨리 도착하고 말았다.

나는 게임방에 들어가 DDR를 했다. 온몸을 던져 흔들지 않고서는 고독에서 불안감을 추려낼 수 없을 것 같아서 였다. 불빛을 따라 내 몸을 던질 때마다 나는 그래도 나의 요구에 따라주는 것이 있구나 하는 것을 느낄 수 있었다. 그러면서 나처럼 거리에서 헤매는 아이들이 한둘이 아니라는 사실에 적잖게 위로가 되었다.

지금까지 내내 혼자 살아온 거나 마찬가지였는데도 혼자라는 사실을 불안해하다니….

다리가 아파진 나는 게임방에서 나와 거리를 걷다가 쓸데없이 옷가게 쇼윈도를 기웃거렸다.

옷가게에서 나온 여자 두 명이 나를 이상하게 쳐다보았다. 그제서야 나는 내 어깨에 새리의 가방이 들려있다는 것을 깨달았다. 나는 나도 모르게 그 가방을 누가 훔쳐 갈세라 내 몸에 바짝 붙여 가지고 다녔던 것이다. 남자가 여자의 가방을 가지고 있으니 들치기 아니면 날치기로 오해받기 십상이었다.

어둑한 골목으로 들어가 가방을 열어 보았다. 칫솔, 물수건 봉지, 휴지, 은단, 플라스틱 라이터, 양담배 버지니아 슬림 반 갑… 새리가 누구인지 알려 줄 만한 정보는 하나도 들어있지 않았다. 그러나저러나 언제나 점퍼를 돌려받을 수 있을까.

"옷 벗으라고 그랬잖아 새꺄!"

눈을 부라리고 나에게 명령하던 그 애의 얼굴이 생각났다가 갑
자기 사라졌다. 그리고선 그 아이의 얼굴이 잘 기억나지 않는 것
이다. 나는 그 아이의 흔적을 도로 찾기 위해 땅에 주저 앉아 눈을
감고 그 아이 생각만 했다. 이상했다… 생각하려하면 왜 그 아이
의 얼굴은 안개처럼 사라지고 마는 것일까.

한 시간쯤이 지나자 머리마저 흔들렸다. 자리에서 일어나니 현
기증이 일어 벽에 손을 대고 잠시 버티다가 다시 걸음을 옮겼다.

어느새 세상은 다시 밤이었다. 빨 주 노 초 파 남 보. 전등속에
서 흔들리는 사람들의 무리 속에 나를 파묻고 싶었다.

누군가 내 어깨를 건드렸다. 창이었다. 아침에 나를 버려두고
혼자서 도망친 놈. 나 같으면 가여운 나 같은 놈을 홀로 두고 그렇
게 도망가지는 않았으리라.

"너 정말 집에 안 돌아갔구나?"

창은 내가 집에 들어갔을 줄 알았다는 듯 눈을 동그랗게 뜨고
나를 쳐다보았다.

"응."

"너 어쩔려구 그래?"

"…"

나는 대답하지 않고 괜히 지나가는 여자며 남자의 얼굴을 바라
보았다. 나와 똑같은 표정을 한 사람을 단 한 사람만 찾아도 이 세
상을 버텨 나갈 수 있을 것 같았다. 나는 정말 혼자이고 싶지 않았

다.

"집에 무슨 일 있었어?"

"…"

녀석은 발로 땅에 글자를 그리는 나의 옆구리를 손으로 툭쳤다. 그리고는 한숨을 내쉬더니 내 어깨에 손을 올리고는 핸드폰 플립을 열었다.

"어, 지금 니네 동네야. 됐고 됐고.., 편의점 앞에 있을 테니까, 열쇠 좀 갖고 나와라. 너 그리구, 씨발, 기다리게 하지 마."

창은 전화를 끊고는 내 어깨에서 손을 내렸다. 어제처럼 또 누군가의 집에서 하루 밤을 신세지게 될 것 같은 느낌이 들었다.

"누군데?"

내가 물었다.

"아, 있어, 좆밥. 얘가 패대기 당하구도 나랑 사귀자고 덤빈다는 그년이야, 차.., 요즘은 같이 살자고 난리야."

"패대기 당하면서도 너하고 살고 싶다구?"

"그래, 임마. 요즘 계집애들은 다 그래. 경찰에 신고는 무슨… 더 지랄같이 달려들지… 야, 너 똑똑히 들어, 알았어?"

나는 어제 저녁 새리와 그 친구에게 주먹을 날린 창의 행동을 아직도 이해하지 못하고 있었다. 어려서부터 여자나 약한 자가 누군가에게 고통을 받으면 나서지 못해서 안달하던 녀석이 아니었던가. 그런 그가 어떻게 여자아이를 패대기친단 말인가. 나는 장난기가 있었지만 진심으로 물었다.

"니가 여자를 때려? 얻어맞는게 아니고?"

"미친 놈! 이 바닥에서는 여자한테 약한 척 하면 고생길이다 너. 강해야 숨쉴 수 있어 야. 그리고 체면 같은 것은 다 버려야 되는 거야."

"체면?"

"그래. 입고 있는 팬티도 돈이 된다 싶으면 팔 수 있는 배짱이 있어야 한다구. 그년은 그렇게 해서 돈을 번다."

"팬티로 돈을 벌어?"

"그래 임마. 그년이 며칠 전에는 같이 술을 마시던 변태자식이 입고 있는 팬티를 벗어주면 돈 5만 원을 준다고 해서 그 자리에서 벗어 주었다는거 아니냐. 천 원짜리를 5만 원에 팔았으니 이 얼마나 괜찮은 장사야, 안 그래? 그년은 아마 팬티만 팔아도 빌딩을 지을 거다."

"냄새나는 팬티를 사는 놈도 있나?"

"이 멍청아… 냄새가 많이 날수록 그게 좋은 거랜다… 변태새끼들은… 일본에서는 여고생이 입던 팬티를 잘 포장해서 판다고 하지 않더냐. 너 전번에 나하고 TV에서 봤잖아. 일본에서 그러면 바로 한국에서 그런다… 그거 이상하지… 한국은 일본의 뒷꽁무니 쫓아 다니는 나라인가 봐."

"그럼 우리나라에서 여자들 팬티 수출하면 되겠네?"

"아쭈… 많이 발전했는데… 그런 머리를 다 굴리고…"

우리의 발길은 약속된 편의점 앞에서 멈추었다.

창이 그 자리에서 다시 핸드폰을 열고 열심히 버튼을 누르고 있었다. 누군가에게 문자 메시지를 보내는 것 같았다. 그리고 담배 한 대를 피우면서 길 건너를 기웃거린지 1분도 되지 않았을 때, 키가 큰 여자아이가 강아지를 가슴에 품고 횡단보도를 건너오고 있었다.

예쁘게 생긴 얼굴이었다. 저 정도면 내가 다니는 학교에서도 제일 예쁜 축에 들어갈 것이다. 여자아이가 쪼르르 달려와 창을 보고 방긋 웃었다. 입고 있는 팬티를 홀딱 벗어 팔 것 같지 않은 청순 가련한 얼굴이었다. 그러고 보니 창이란 녀석도 행운아라면 행운아였다.

"이쪽은 한이구, 이쪽은 란이."

창이 나와 그 아이를 서로 소개 시켜 주었다. 나는 어색하여 그녀가 안고 있는 강아지에·시선을 맞추며 고개를 까닥했다. 얼굴 반쪽과 한쪽 귀에 얼룩이 진 녀석이었다. 새엄마만 반대하지 않았더라면 나도 강아지 한 마리를 친구 삼아 키우고 싶은 마음이었다.

"안녕하세요?"

내가 인사를 했다.

"얘기 많이 들었어요."

란이란 그 여자아이는 지나치게 생글거리며 고개를 꾸벅 하고 대답했다.

"병신 진짜, 너 그 표정이 좋나 귀여운 줄 아나 본데… 아, 추해 이년아…."

창이 끼어 들었다.

"알았어, 그만 해…"

란이 나의 눈치를 보며 무안해 하는 표정으로 말했다.

"열쇠나 줘, 아, 짜증나."

그래도 란이 미소를 지으며 열쇠와 함께 돈을 창에게 건네 주었다.

"술 한잔 마시고 있어, 나 금방 들어갈께. 아 참. 아까 전 그 문자메시지 내가 사 준 핸드폰으로 친 거지? 어?"

"아, 그 년 그거 하나 사 주고 생색낼래? 어?"

"아니야, 알았어, 나 일 끝내고 금방 들어갈 거야. 알았지?"

우리는 그곳에서 조금 더 걸어 어제밤 잠을 잔 누나의 방과 비슷한 방들이 일렬로 늘어선 쪽방 동네에 도착했다. 그녀의 방은 고지대에 위치해 있었다.

이렇게 해서 나는 이틀째 집에 돌아가지 않게 되는 셈이었다.

"어제밤에 만난 여자애들 중에서… 연락되는 애 없어?"

나는 문을 여는 창에게 물었다.

"누구? 젖통까고 토낀 년?"

"… 내 점퍼 입고 갔다니까."

"왜에, 필이 팍 꽂혀?"

나는 녀석의 말에 찔끔했다.

우리는 누나의 방과 거의 구조가 같은 공간으로 들어갔다. 한

발 들어가 신발을 벗고 방 안으로 발을 들이밀었다.

창은 형광등부터 켜고 열쇠뭉치를 아무렇게나 팽개치더니 TV를 켠 다음 기계처럼 냉장고 문을 열고 캔 맥주를 꺼내어 나에게 하나를 주었다. TV에서는 오래된 흑백영화가 방영되고 있었다.

"나… 여기서 걔랑 살려구."

창은 방바닥에 털썩 주저 앉으면서 넋두리하듯 말했다.

"… ?"

나는 녀석이 부러워졌다. 그래서 바로 대꾸할 수 없었다. 나에게는 어느새 잠잘 수 있는 공간이 있는 사람은 전부가 부러움의 대상이었다.

"매일 밤 이년 집 저년 집 찾아다니기도 귀찮구, 걔 모아 둔 돈 떨어질 때까지…"

기둥서방을 하겠다는 말 같은데, 나는 녀석의 본심이 아니라는 판단이 들었다. 비록 여자를 때리기도 하지만 내가 알기로는 녀석은 남의 등이나 처먹는 악한은 아니었다. 란이란 청순해 보이는 계집애에게 등쳐먹고 싶은 마음이 든다면 그건 인간이 아닌 짐승이나 다름없으리라.

"돈은 많이 모아 뒀대?"

나는 제법 세파에 시달리기나 한것처럼 물었다.

"뭐, 좀…"

녀석은 말을 중단하더니 갑자기 나에게 고개를 돌리면서 소리 높여 말했다.

"야, 너 이런 술집같은 곳에서 일할 생각 절대 하지 마. 이거 다 주인하고 건달들 좋은 일 시키는 거야. 갈 데가 없는 인간들이나 이런 곳에 흘러 들어오는 거야. 알았어?"

"…"

나는 대답을 하지 않았다. 갈 데가 없는 자들이 스며드는 이런 곳에서라도 내가 잠잘 수 있는 공간이 있었으면 했다.

녀석은 눈치가 정말 빨랐다. 내가 자신을 부러워하고 있다는 것을 간파한 것이었다.

침묵이 흘렀다. TV에 시선을 고정시켰지만 생각은 방황하고 있었다. 내가 알지 못하는 미지의 장소와 미래를 걷고 있는 것이었다.

어제밤 누나에게 긴장한 탓인지 잠도 제대로 자지 못한 채 하루 종일 돌아다녀서 그런지 눈꺼풀이 자꾸만 밑으로 쳐졌다. 창이 한쪽에 쌓여있던 베개를 건네주고는 이불을 덮어 주었다. 나는 정신없이 껌껌한 잠의 동굴로 빠져 들어갔다.

얼마쯤 지났을까. 눈앞이 환해졌다. 나는 눈을 뜨지 않았다.

"벌써 자?"

란의 목소리였다.

"늦었는데 너도 빨리 자빠져 자라."

불이 꺼지면서 란이 옷을 벗어 구석에 던져놓는 소리가 들렸다.

"아이구 오늘도 다 갔구나. 난 잠잘 때가 제일 좋더라… 자다가 죽었으면 좋겠어. 내일 아침에는 깨어나지 말았으면…”

란의 말소리가 작아지면서 이불이 서너 번 들썩거리더니 이내 조용해졌다.

“아, 옆에 있잖아.”

몇 분 만에 창의 짜증섞인 말이 들렸다.

나는 어느새 또렷한 정신으로 돌아와 있었다. 어제 밤의 일이 생각났다.

“쟤, 세상 모르고 잔단 말야!”

란의 코맹맹이 소리였다.

나는 조금 미안한 마음이었다. 내가 오지 않았다면…

“아, 깨. 그냥 자.”

이불이 들썩거리더니 창이 일어나 앉으면서 더욱 신경질적으로 말했다.

“아 그년. 되게 밝히네. 아 이년아 나 오늘 피곤하단 말야.”

“피곤할 때 한번 하고 푹 자면 피로가 싹 풀리잖아.”

“피곤 풀리는 것 좋아하네… 딱 한번이다… 나 내일부터 열심히 일할려고 그런단 말야, 이년아. 아 씨발 지배인 놈이 내 얼굴 보고 또 씹겠다… 누렇게 찐 얼굴로 가면 뭐라 그러는데… 아 씨발 년…”

란이 브래지어를 벗는 것 같았다. 벽 쪽으로 눈을 감고 누워 있었지만 나는 다시 긴장하기 시작했다. 내 물건도 덩달아 팽만해지고 있었다.

"간만에 한번만 해 보자, 나 안 한지 오래 됐단 말야."

"아, 진짜 그년 밝히기는… 어휴"

창이 란 쪽으로 몸을 돌리는 것 같았다. 그리고 그녀와 키스를 하는 것 같았다. 난 이제 집을 나온 지, 이틀째였다. 그들이 무슨 짓을 하더라도 우정어린 마음으로 참을 수밖에 없었다.

"어쭈구리?"

란이 말했다. 그녀가 왜 어쭈구리 했는지는 알 수 없었다.

"조용히 좀 해… 깨…"

창이 모기만한 소리로 속삭였다.

"알았어… 며칠 안 했구나!"

란도 역시 모기만한 소리로 대답했다.

3

재회

"너 나랑 한번 같이 살아 볼래?"

나는 내 귀를 의심했다.

그녀의 마음이 바뀔 것 같아 잽싸게 반문했다.

"진, 진짜?"

새리가 담배꽁초를 비벼 끄면서 고개를 끄덕였다.

"그치만 난 나쁜 잠은 안자."

첫날 밤을 지낸 방처럼 햇살이 비치는 방은 아니었지만 나는 아침이 왔다는 것을 알 수 있었다. 창과 란은 포옹한 채로 잠들어 있었다. 내가 알기로는 어제밤 이들의 사랑행위는 그리 오래 지속되지는 않았다. 나에게는 이들의 곤한 잠을 깨울 권한은 없었다. 그래서 나도 더 자고 싶었다. 하지만 그럴 수 없는 것이 사타구니가 축축했다. 몽정을 하면 부모님 몰래 화장실에 들어가 대강 빨아 방안에서 말려 아침에 입곤 했었는데, 여기에서는 그렇게 할 수 없었다. 졸라 불쾌했다. 몽정은 일 주일이면 평균 한 번 정도 거치는 성가신 의식이었다.

나는 두 아이의 몸을 성큼 건너뛰어 조심스럽게 문을 열고 부엌으로 나왔다. 그리고는 한켠에 쌓여있는 빨래감 속에서 창이 벗어 놓은 것으로 보이는 팬티를 찾았다. 첫눈에도 불결해 보였다.

군데군데 오줌 흔적이 묻어 있었고, 들어서 냄새를 맡아보니 고약
했다. 하지만 몽정한 팬티보다는 그것이 나을 수밖에 없었다. 나
는 그것으로 갈아입었다. 사타구니가 좀 가려운 것이 혹시 벌레가
숨어 있다가 문 것은 아닐까 생각했지만 그런 걸 가릴 처지가 아
니었다.

　나는 밖으로 나와 난간에 몸을 기대고 하늘을 올려다보았다.
비행기 한 대가 소리없이 날아가고 있었다. 밤에는, 특히 비가 오
는 날에는 귀청을 날릴 듯 날아가면서 오늘은 소리없이 새벽 하늘
을 가로지르는 모습이 무척 여유있어 보였다. 갑자기 갈 곳을 상
실한 때문일까? 목적지가 뚜렷한 비행기처럼 어디라도 떠나고 싶
었다.

　새리라는 계집애의 가방이 내 어깨에 매달려 있는지를 다시 확
인하고 떨어지지 않으려는 발을 계단 밑으로 옮겼다. 하루치 일감
을 찾아 나선 남자들의 무리를 스쳐 지나갔다.

　쪽방 골목을 천천히 나와 아주 느린 걸음으로 걸었다. 이제부
터는 남들이 보기에 행선지가 있는 것처럼 보이고 싶었다. 지하철
을 타고 서울역에 가서 대구행 완행열차를 탈 생각이었다. 엄마에
게 비밀로 하고 그 곳에서 취직을 한 다음 엄마가 보고 싶으면 몰
래 엄마를 볼 수 있을 것 같았다.

　어제밤 란이를 만났던 그 편의점이 나타났다. 배가 고팠다. 주
머니에 손을 넣어 확인했다. 아직 몇 장의 만 원짜리가 만져졌다.

　인스턴트 카레밥을 집어들고 계산을 치른 다음 전자렌지 속에

넣어 뎁혀 꺼냈다. 난 천천히 그 과정들을 진행시키고 있었지만, 내 주변의 것들은 모두가 쏜살같이 흘렀다. 상황에 따라 시간의 흐름이 너무도 달라질 수 있다는 사실이 흥미로웠고, 한편으로는 공연한 불안감이 엄습하기도 했다.

밖이 훤히 내다보이는 유리창 옆 테이블에 앉아, 김이 모락모락 올라오는 하얀 쌀밥을 플라스틱 수저로 한 술 퍼서 입으로 가져갔다. 멍청한 표정으로 밥을 우물거리는 내 시선을 붙드는 게 있었다.

저만큼에서 여자가 머리카락을 휘날리며 오토바이를 몰고 이쪽으로 오고 있었다. 선글라스를 쓰고 도도한 표정을 짓고 있는 여자는 익숙한 얼굴이었다. 정신이 번쩍 들었다. 내 점퍼를 입고 간 새리라는 계집애가 틀림없었다.

나는 그녀가 편의점 앞을 지나가기 전에 밖으로 나가 그녀를 기다렸다. 잘못하면 그녀를 놓칠 뻔했다.

그녀의 오토바이가 20여미터쯤 스친 다음에야 나는 그녀의 뒷 꽁무니에다 대고 간신히 소리를 칠 수 있었다.

"저기요!"

쪼다같은 말투였다. 그러나 아주 큰 소리였다.

그 아이가 오토바이를 멈추더니 선글라스를 벗으며 힐끗 나를 쳐다보았다. 표정없이 나를 확인하더니 검지 손가락으로 까닥했다. 어서 달려와 뒤에 타라는 신호였다. 나는 체면이고 뭐고 그녀에게 달려가 냉큼 뒤에 올라탔다.

“내 허리 잘 잡아. 그렇지 않으면 떨어져 죽는 수가 있어.”

오토바이는 무섭게 질주했다. 전철교각 밑을 지나고 유흥가를 지나고, 그리고 조용한 주택가를 무법자처럼 지나갔다. 편의점의 라디오에서는 마지막 더위가 기승을 부릴 가능성이 높다고 했었지만 바람이 쌩쌩 불어서 그런지 나는 무지하게 추웠다. 나는 계집애에게 매달려 가는 주제에 가만 있을 수 없어 목청 높여 물었다.

“어디 가는 거야?”

“뭐라고?”

맞바람이 말소리를 채가는데 더 큰소리로 말을 한다는 것은 피차간 에너지 낭비일 뿐이었다. 나는 더 이상 묻지 않기로 했다.

오토바이는 공장지대 비슷한 지역을 통과하더니 학교같은 건물로 들어갔다. 정문 기둥에는 보호관찰소라는 쇠명판이 붙어있었다. 운동장같이 넓은 공터에는 우리 외에 아무도 없었고, 승용차 10여대와 승합차 두 대 만이 서 있었다. 보호관찰소… 별로 좋아보이지 않았다. 하지만 나는 그녀가 왜 이곳에 와야 하는지 의문이 들지 않았다.

“여기 짱박혀서 오토바이 잘 지키고 있어. 등신처럼 깡패 새끼들에게 빼앗기기나 말고.”

새리가 내리면서 어제 저녁처럼 눈을 부라리며 명령하듯 말했다.

“알았어.”

나는 꼬붕처럼 대답했고 그녀는 건물 안으로 들어갔다.

나는 멍청하니 사방을 둘러보았다. 죽음처럼 조용한 곳이었다. 이런 곳에는 왜 오나… 어제밤 꿈 속에서 르네상스 화장실의 새리를 만난 것을 기억해냈다. 새리가 '쓰레기'라고 소리를 질렀던 건 무엇을 암시하는 것이었을까?

한 30분 정도 흘렀을까 얼굴이 벌개진 새리가 씩씩거리며 나왔다. 누군가에게 뺨을 얻어맞았는지 손바닥 자국이 선명했다. 그녀는 오토바이에 엉덩이를 걸치면서 투덜거렸다.

"아이 씨발, 여관방이나 하나 잡아 쫄이나 원없이 불었으면 좋겠다."

나는 그녀가 겁이 났다. 그녀의 작은 입에서 꺼져! 라는 말이 튀어나올 것 같았기 때문이었다. 그녀가 눈에서 힘을 빼더니 다정한 눈길을 보내면서 물었다.

"야, 너 돈 있어?"

나는 무의식적으로 고개를 끄덕였다. 역시 돈의 위력은 대단했다.

"타!"

나는 다시 오토바이 뒤에 올라 그녀가 달려가는 데로 흘러가기로 했다.

그녀의 머리카락이 내 얼굴에 달라붙었다가 떨어졌다. 나는 그 머리카락 사이로 공기를 들이마셨다가 내뿜기를 반복하였다. 그녀의 푹 들어간 뱃살에 놓인 내 손으로 그녀의 호흡이 느껴져 왔

다. 그녀의 심장도 느껴져 왔다. 그녀의 향기에 취해 시간의 흐름
조차 감지되지 않았다.

오토바이는 부르르 하는 소리를 마지막으로 멈추었다. 그녀는
긴 손가락 다섯 개를 모아 내밀었다.

"돈!"

나는 며칠 동안 허기를 면하게 해줄 돈을 탁탁 털어 그녀에게
바쳤다. 이젠 대구로 내려갈 수도 없게 된 것이었다.

새리는 예상보다 적은 액수에 실망했는지 혀를 한 번 차고는
이내 근처 구멍가게에서 가스 하나를 사서는 바로 옆집으로 들어
갔다. 녹슨 파란 철문 위에는 손으로 조잡하게 쓴 여관이란 간판
이 걸려 있었다. 누나네 방이나 란의 방보다는 더러운 곳이었다.
빨래를 하고 있다가 손님을 맞은 주인 아줌마는 새리에게 돈을 받
고는 고개짓으로 구석진 방을 정해 주었다.

블록담에 붙어 있는 허름한 합판 문으로 다가갔다. 새리가 익
숙하게 신발을 벗고 안으로 들어갔다. 나는 신발을 도둑맞지 않을
까 겁이 나서 운동화를 들고 따라 들어갔다. 비릿하고, 퀴퀴한 냄
새가 코를 찔렀다. 하지만 나는 보금자리에 찾아든 아기새같은 마
음이었다. 이런 곳이라면 얼마든지 지낼 수 있을 것 같았다. 아직
딱지를 떼지 못한 나였지만 두 번째 만난 새리라는 계집아이의 실
팍한 가슴에 내 얼굴을 묻고 싶었다. 나는 이미 창 이상으로 그녀
에게 의지하고 싶었다.

"야, 웃통 벗고 저 안으로 들어가."

유리가 붙어 있는, 60년대 한국영화를 통해 많이 본 장롱이었다. 나는 뜨악한 표정으로 그녀의 얼굴을 바라보며 물었다.

"왜?"

"멍청한 놈…"

그러면서 새리가 먼저 웃통을 훨훨 벗어 던졌다. 그녀는 그저께 밤처럼 젖가슴을 드러내 놓은 채 장롱문을 열고 이불을 끄집어낸 다음 그 안으로 몸을 집어넣으면서 말했다.

"어서 들어와. 이 등신아!"

그 아이의 용기에 자극을 받은 나도 웃통을 벗고 장롱 안으로 들어갔다. 허리를 곧추 세우고 쪼그려 앉으니 생물도감에서 본 겨울잠을 자는 곰 생각이 났다.

"너 쫄 빨아 보았지?"

그녀가 가스캔 주둥아리를 비닐봉지에 집어넣고 가스를 그 안에 뿜어내면서 물었다. 나는 경험이 없었지만 그런 척 고개를 끄덕였다. 순간 가스를 마시면 뇌세포가 죽어 결국에는 바보가 되거나 식물인간이 될 수도 있다는 TV뉴스가 생각이 났다. 하지만 그런 말을 하지 않았다. 장롱에서 쫓겨날 것 같아서였다.

장롱문이 닫혔고, 비닐봉지가 후루룩 줄어 들었다가 푸르륵 펴지는 소리가 들렸다. 그 소리가 두 번 들렸다. 깜깜해서 보이지 않았지만 나는 무척이나 긴장하고 있었다. 그 비닐봉지가 내 입 언저리에 덮혀지는 것이 느껴졌다. 계집애의 가는 손가락이 느껴지면서 나는 더욱 움추러들었다.

"들이마셔!"

새리가 말했다.

가스 흡입은 내가 원하는 것이 아니었다. 해 보면 어떨까하는 호기심조차 없었다. 하지만 서로의 입김을 느낄 수 있을 만큼 가까이 앉아있는 그녀를 느끼고 위해서라면 못할 것이 없을 것 같았다. 나는 들이마셨다. 그녀의 손가락을 느끼면서 들이마셨다.

이건 아니었다. 이런 맛은 처음이었다. 폐 속 깊숙히 들어간 가스는 곧장 등골을 타고 뇌 속으로 들어가 뇌세포를 물처럼 녹이는 것 같았다. 구역질이 났다. 나는 본능적으로 장롱문을 열어젖혔다.

"누가 문 열라고 그랬어? 병신!"

새리가 문을 닫았다. 다시 비닐 봉지가 줄어들었다가 펴지는 소리가 들렸고, 그 봉지가 내 입에 달라붙은 것을 알았다. 나는 조금 전보다 더 힘을 주어 가스를 들이마셨다. 블랙홀로 빨려 들어가고 싶다는 생각이 들더니 어느새 나는 컴컴한 터널을 향해 날아가고 있었다. 한참을 날았다고 생각했는데 배꼽이 보였다. 나는 새리의 배꼽을 향해 날아가고 있는 것이었다. 나는 뒤로 확 밀려 버렸다.

"이 자식이 어디를 만지고 지랄이야!"

나는 새리의 날카로운 말소리를 듣고 머리가 터지는 것 같아 장롱문을 열었다. 나 혼자서라도 장롱 밖으로 탈출하고 싶었다.

"아이고 추접스런 인간! 침이나 닦아라."

나는 방바닥에다 토하기 시작했다. 폐가 둘로 찢어지는 고통이 있었지만 내 몸에서는 투명한 액체만 나올 뿐이었다. 나는 한참을 토하고 그대로 드러누워 버렸다.

몽롱한 상태에서 새리가 화장실에서 토하는 소리가 들렸다. 그러면서 나는 뱅뱅도는 프로펠러 속으로 빨려 들어갔다. 문득 영화 트위스터에서 본 회오리 폭풍 장면이 생각났다. 나는 회오리 폭풍 속에 갇힌 한 마리 소였다. 대책없이 휘둘리며 음매 소리를 지르는 한 마리 송아지였다.

정신이 깜빡 어두워졌다가 밝아졌다. 눈을 떠 보았다. 새리는 침대에 엎어져 스포츠 신문을 뒤적거리고 있었다. 그녀는 내가 정신이 돌아왔다는 것을 알았다.

"너 왜 아직도 안 갔어?"

그녀는 잠을 자고 일어난 것처럼 말했다. 나는 할 말이 없었다. 니가 좋아서 그랬다고 말할 용기가 없었다.

멍청하니 천장을 바라보았다. 누런 똥파리 한 마리가 붙어 있었다. 보아하니 오래동안 터줏대감 노릇을 해 오던 녀석같았다. 녀석은 게을러 보였다. 그래도 행복해 보였다. 나는 녀석이 부러웠다.

"야, 얼굴좀 씻어라. 얼굴에 침자국 투성이다. 너 가스 처음 먹어 보지?"

나는 대꾸하지 않고 비틀거리며 화장실로 들어가 세수를 하였다. 냉수 속에 머리를 담구었는데도 하나도 시원하지 않았다. 화장실에서 나오자 새리가 문고리를 잡고 서 있었다.

"나가자!"

나는 이번에도 오토바이 뒤에 올라탔다. 오토바이는 다시 달렸고, 나는 그녀의 좁은 등에 내 얼굴을 묻었다. 여전히 머리가 어지러웠다. 획획 지나치는 주변이 눈에 들어오지 않았다. 눈을 감았다. 붕 떠서 하늘을 나는 것 같았다. 달도, 별도 없는 하늘을 나는 것 같았다. 달과 별이 환한 하늘보다 깜깜한 밤하늘이 오히려 마음이 편할 것 같았다. 나는 새리의 몸을 껴안고 다시 잠들었다.

"야야, 일어나!"

오토바이는 멈췄고, 새리가 뒤를 돌아보며 짜증섞인 음성으로 말했다. 어느새 주위는 어두워져 있었다. 나는 겁이 났다. 나 홀로 어딘가로 가야할지 모르기 때문이었다.

강이었다. 인간의 오물을 품고 끈적하게 흐르는 하천 같은 강. 바람이 불었다. 오물냄새가 내 코에 척척 달라붙었다. 새리는 그 야무진 눈빛을 풀고 다소 허탈한 표정으로 담배를 피워 물었다. 검은 하천을 바라보는 그녀가 무슨 생각을 하는지 알 길이 없었다. 어색한 침묵을 견디기 어려워서 나는 주절거렸다.

"어렸을 때 비행기 모형 조립하면서 놀잖아… 본드로 붙이는 거… 다 만들었는데, 이상하게 냄새가 맡고 싶은 거야. 비행기를 코에다 대구 본드냄새를 맡았어… 한 십 분쯤 맡았나? 이게 코에 붙어서 안 떨어지는 거야…"

새리는 듣는둥 마는둥 담배만 빨면서 강 건너편을 바라보고 있었다.

"정말이야, 병원까지 갔었대니까? 이래뵈두 본드를 마셔 본 경력은 꽤나 오래 된 몸이라구…"

새리가 나에게 고개를 획돌렸다. 나는 움찔했다.

"너 나랑 한번 같이 살아 볼래?"

"…"

"나하고 같은 방에서 뒹굴 생각이 없냔 말이야?"

나는 내 귀를 의심했다. 그녀의 마음이 바뀔 것 같아 잽싸게 반문했다.

"진, 진짜?"

새리가 발로 담배꽁초를 비벼 끄면서 고개를 끄덕였다.

"그치만 난 나쁜 잠은 안 자."

나쁜 잠이 무엇인지 묻지 않아도 알 수 있었다.

내 또래의 아이들보다 한참 순진하다는 핀잔을 들어 온 나였지만, 나쁜 잠에 대한 호기심은 누구 못지 않게 왕성했다. 그러나 또 외톨이가 되기 싫다면 쓸데없는 호기심은 버려야 했다.

"나도 나쁜 잠은 싫어"

내 대답에 새리가 미소를 지었다. 큰 눈동자에는 너는 그럴만한 놈이야 하는 의미를 담고 있는 것 같았다.

"올라 타!"

새리가 오토바이에 엉덩이를 걸치면서 고개짓했고, 나는 다시 그녀의 허리를 껴안았다.

그녀가 사는 곳은 란의 쪽방에서 멀지 않은 곳이었다. 란이 사는 옆집의 2층이었다. 그녀의 방은 제법 쓸만했다. 좁았지만 부엌 겸 거실, 샤워할 수 있는 화장실, 그리고 침대방이 있었다. 높은 위치라서 그런지 베란다에서 동네가 반쯤 눈에 들어왔다.

나는 신발을 벗고 거실로 들어서면서 이 정도의 공간에서라면 당분간은 편안하게 지낼 수 있겠지 하는 생각이 들었다. 나의 점퍼가 방 바닥에 아무렇게나 펼쳐져 있었다.

"아무데서나 자도 돼. 단 내 침대 위에서는 안 돼. 오줌을 눌 때는 소리내지 않게 조심하고… 대변은 가급적 내가 잠들어 있을 때 해결해 줘… 그리고 냉장고 안에 있는 음식은 마음대로 먹어도 좋지만… 너도 돈이 생기는대로 사다가 채워 넣어 줘… 그리고 또… 당분간은 아니더라도 일거리가 생기면 방세를 같이 부담하도록 하는 거야."

새리가 오토바이 열쇠를 냉장고 위에 올려놓으며 말했다. 그 정도의 조건이라면 내가 얼마든지 감당할 수 있을 것 같았다. 그래서 고개를 끄덕였다. 내가 감당할 수 없는 조건이라도 나는 아마 역시 고개를 끄덕였을 것이다.

"넌 왜 집을 나왔니?"

새리가 침대 위에 벌렁 누으며 물었다.

나는 한참동안 대답하지 않았지만 새리도 대답을 재촉하지 않았다. 야채와 생선을 파는 장사꾼의 핸드 마이크 소리가 시끄러웠다. 까르르 웃으면서 뛰어가는 아이들의 발자국 소리도 들렸다.

"차차 알게 되겠지만 난 남자라는 동물은 믿지 않아… 아버지
든, 오빠든… 어렸을 적에는 남자는 모두 늑대라는 말이 왜 생겼
는가 했었는데…"

새리는 자신의 팔로 눈을 가렸다.

"남자라는 동물은 한꺼풀만 벗겨놓고 보면 짐승보다 못한 것들
이야… 안 그래?"

"…"

새리가 갑자기 몸을 일으키더니 나를 노려보았다. 나는 조금
전의 약속을 깨뜨리고 나가라고 할까 봐 겁이 났다.

"난 다 싫어. 아버지든 엄마든…"

내 입에서는 엉뚱한 소리가 튀어 나왔다. 내 눈을 한참 쳐다보
던 새리가 피식 웃더니 다시 발랑 몸을 뉘었다.

"이 곳에서 먹고 사는 인생치고 인간에 환멸을 느끼지 않은 것
들이 어디 있겠니…"

노크 소리가 나면서 창의 목소리가 들렸다.

"새리야! 새리야!"

새리가 벌떡 몸을 일으키더니 쏜살같이 밖으로 튀어나갔다.

"개새끼. 씹어 먹을 거야!"

새리는 문을 확 밀어젖힌 후 붕어빵을 사들고 온 창의 뺨을 후
려갈겼다. 붕어빵이 떨어졌고 새리의 발에 팥 내장을 드러냈다.
창이 손으로 얼굴을 가리면 새리는 창의 머리카락을 잡고 흔들었
다. 창은 대책없이 마구 흔들리고 있었다. 한 번, 두 번, 세 번, 네

번, 다섯 번… 새리의 손바닥이 다부지게 창의 얼굴로 날아 들었
고, 창은 일방적으로 얻어터지고 있었다. 옷을 벗지 않는다고 여
자아이들에게 주먹을 날리던 창이 새리에게 이렇게 당하고 있다
니… 믿어지지 않았다. 하지만 중학교 시절을 기억해 보면 그럴만
도 했다. 창은 여자건 남자건 자신보다 약한 사람에게는 폭력을
쓰는 아이가 아니지 않은가.

"씨발… 아 씨발 년… 그만 해… 아 그년… 미치겠네…"

창은 새리의 손바닥을 피해 상체를 사방으로 돌리면서 투덜거
렸다. 새리가 공격을 중단하지 않았다간 창의 성미를 돋굴 것 같
았다. 녀석이 정말 성질이 나서 주먹으로 때리고 발로 차면 그때
는 새리에게 큰일이 날 지도 모른다. 나는 새리를 보호하고 싶었
다. 주춤거리다가 새리의 팔목을 잡았다.

"인제 그만 해."

"놔! 이런 개새끼는 죽여 버려야 돼."

새리는 발길질까지 했다. 맨발이 창의 정강이에 닿았지만 창은
별다른 반응을 보이지 않았다.

"에이, 쌍년이 좆나 드세네."

창이 코피를 손바닥으로 문질르면서 지껄였다.

"야, 이 개새끼야, 이 개새끼야, 니가 사람이야? 이 개새꺄."

새리가 나를 뿌리치고 다시 창에게 달려들어 팔다리를 휘둘러
댔다.

"씨발 년… 못먹을 것을 처먹었나…"

창이 도피하듯 계단을 타고 옥상으로 올라갔다. 나는 그렇게 피해 주는 녀석이 고마웠다.

"야 개새꺄! 너 거기 안 서?"

나도 창을 따라 위로 올라갔다. 새리도 제풀에 지치고 말았는지 옥상에는 올라오지 않았다. 옥상에서 내려다 보자 오종종하고 무질서하게 널려 있는 동네의 모습들이 왠지 정겨웠다. 아이들은 모조리 미국이나 캐나다로 유학을 보내야만 직성이 풀리는 사람들이 사는 동네와는 사뭇 다르기만한 누추한 모습이었지만 앞으로 내가 살아가야 할 곳은 여기였다.

창은 기가 막힌지 한숨을 내쉬더니 아래를 내려다보았다. 새리는 조금 전 길길이 날뛰던 모습과는 어울리지 않게 란의 강아지를 쓰다듬고 있었다. 란은 마당에 의자를 내놓고 앉아 업소에 쓰고 나갈 핑크빛 가발을 손질하고 있었다. 그 가발을 쓴 란의 모습이 마치 미래에 우주선을 타고 화성이며 목성을 여행할 여자같았다. 란은 혹시 그런 꿈을 꾸고 있는 것이 아닐까.

"아우 씨발, 나두 이제 삼류 다 돼간다. 기집애 한테 싸대길 다 맞질 않나."

녀석은 중학교 때도 계집애에게 숙제를 보여달라고 했다가 거절당하는 무안을 당하면 비슷한 넋두리를 늘어놓았었다. 옥상에서 하는 말은 밑에서 아주 잘 들리지만, 녀석은 란과 새리가 들으라는 듯이 큰 소리로 지껄였다.

"아휴… 사나이 창의 성질 다 죽었다, 죽었어. 성질이 죽어 버렸으니 이제 어떻게 살아야 하나… 밤에는 주인새끼와 손님새끼들한테 치여, 낮에는 기집애에게 시달려… 이거 대한민국 청춘이 살겠냐, 살겠어?"

"디따 밉지? 그래두 니가 이해해 주라. 멋있는 척 해두 쫌 가엾잖아. 뭔지 알지?"

란이 가발에 손질을 멈추지 않으며 말했다. 가여운 아이가 다른 아이에게 가엾다고 하다니… 나는 이 아이들 모두에게 슬픈 일이 많다는 것을 느낄 수 있었다.

밑에서 빵빵거리는 오토바이 클랙션 소리가 들렸다.

"언니? 이거 누구 꺼야?"

중학교에 다닐만한 나이의 계집아이가 오토바이에 걸터앉아서 란에게 물었다.

"맞다, 맞다. 너 진짜 멋있드라. 나두 오토바이 배워 보구 싶어."

란이 대답은 해 주지 않고 고개를 새리에게 향하며 말했다.

"별거 아냐. 시간이 되면 언제고 가르쳐 줄 게"

새리는 강아지의 코에 입을 맞추면서 말했다.

"진짜?… 정말?"

평화스러웠다. 조금 전의 살벌한 전쟁상황은 언제 그랬냐는 듯 그 흔적도 보이지 않았다. 하지만 창은 여전히 오만상을 찌푸리면서 담배연기를 빨고 있었다. 그러다가 엉뚱한 말을 내뱉었다.

"아마 저년 불감증일 거야…"

창은 아직도 새리에게 당한 것이 분한 모양이었다. 그저께 새
리가 당한 것을 전혀 기억하지 못하는 녀석이었다.

"그게 무슨 소리야?"

"자고로 남자를 아는 계집애는 절대로 남자에게 저렇게 포악스
럽게 나오지 않거든…"

창은 자신의 말에 수긍이 간다는 듯 고개를 끄덕이면서 말을
이었다.

"아, 그래서 저년이 남자 알기를 좆같이 알았구나… 남자의 그
맛을 아는 년은 절대로 남자를 좆으로 알지 않아."

내가 잘 알지 못하는 소리만 하는 녀석이었다. 녀석이 '아하-'
하고 자신의 무릎을 쳤을 때 밖에서 계집애 같은 목소리가 들려왔
다.

"란이 누나! 빨리 와. 손님이야."

르네상스에서 나에게 창이 있는 곳을 고개짓으로 가르쳐주었
던 꼬마삐끼였다. 학교에 다니면 중학교 1학년이나 2학년이 되었
을 그 아이는 이곳 생활에 몸에 배인 것처럼 익숙한 얼굴을 하고
있었다.

"알았어! 이따 봐. 야, 나 돈 벌구 오께."

란이는 신발을 질질 끌고 밖으로 나갔다. 비행기가 지나가는
소리가 들렸다.

"비행기를 타고 여행을 떠나는 저 인간들은 얼마나 좋을까…
야 너 비행기 타 봤니?"

나는 고개를 끄덕였다

"아휴, 진짜 내 인생은 왜 이렇게 시궁창 같으냐. 대한민국에서 비행기 여지껏 타 보지 못한 인생은 나밖에 없을 것이다. 란이 저 년도 비행기 한번 못 타 봤대요. 글쎄."

새리가 강아지를 안고 옥상으로 올라왔다. 창에게 화해의 제스 처를 보내려는 것일까.

"업소에 나가면… 얼마나 버니?"

새리가 먼저 말을 걸었다. 창이 깜짝 놀랐다.

"왜 생각 있어?"

"얼마나 버냐니까?"

창이 새리에게 바짝 다가가서 강아지의 머리를 손가락으로 찍 으면서 대답했다.

"업소마다 달라. 란이가 나가는 로마라면 한달에 최소 2, 3백은 문제 없어. 하지만 미리 땡겨쓰면 허탕이야 허탕."

"술만 같이 먹어 주는데도?"

"그럼… 이차 나가면 5백도 가능하지. 왜 한번 해 볼래?"

"니가 나가는 곳은 어때?"

"내가 나가는 곳? 사장 새끼가 좆같아… 그 새끼는 돌리다가 시골로 팔아 버린다니까. 로마가 무난해… 지배인 새끼가 성질이 좆같다고는 하는데, 어디를 가나 지배인 새끼들은 다 그래. 좋다 고는 할 수 없지만… 란이랑 같이 있으면 서로 의지할 수 있으니 까…"

4

방황

꼬마삐끼가 경찰관들이 간 방향으로 걸어갔다.
나는 다시 사람들의 얼굴을 살피기 시작했다.
새리를 위해.
정확히 표현할 수는 없지만 술집에 끌려들어올
물고기 인상을 하고 있는 사람은 따로 정해져 있었다.

단란주점 로마의 주인은 근처에서 옷가게를 하고
있는 40대 초반의 여자였다. 평범한 얼굴의 그녀가 거칠기 짝이
없는 술집을 하고 있다는 것이 믿어지질 않았다.

창의 말에 의하면 그녀는 업소를 폭력조직의 행동대장인 용호
라는 작자에게 맡기고 좀처럼 업소에는 얼굴을 내밀지 않는다는
것이었다.

그러면서 돈 계산 하나는 틀림없으니 열심히 일하면 돈 때문에
걱정하는 일은 없을 것이라고 말했다.

나는 그 옷가게까지 따라가면서 자주 새리의 얼굴을 훔쳐보았
다. 나 때문에 단란주점에라도 나갈 결심을 했을 것이라고 생각하
니 미안한 감이 들었다. 나는 언제나 그녀에게 도움이 될 수 있을
것인가…

나는 가게문 앞에서 서성거렸다. 좁아터진 공간이라서 저 깊숙한 곳에서 하는 소리가 다 들려왔다.

"난 니들이 다 내 동생같고 딸 같다, 얘….솔직히 니들이 집 나와서 갈 데가 어딨니?"

주인 여자가 새리의 아래위를 훑으면서 말했다. 옆에 앉아있는, 팔뚝에 뱀문신이 새겨져 있는 30대 초반의 남자는 조직폭력배라는 지배인이 틀림없었다. 그는 새리의 발, 머리, 엉덩이, 가슴… 모든 것을 뚫어져라 노려보았다.

주인여자와 지배인 용호는 벌써 새리에게 반해 있었다.

그 속내를 감추기 위해 노력하고 있는 것이 역력했다.

"그냥 여기서 나랑 일하면서 잘해 보자, 응?"

"근데요, 저 이차는 안 나가요."

새리가 차갑게 말하자, 여주인은 당황한 기색으로 도움을 요청하는 시선을 지배인에게 보내고는 다시 말을 이었다.

"왜? 이왕 벌 때 눈 딱 감고 한 몫 잡아야지…"

"…"

"그런 각오없이 이 바닥에 뛰어들면 돈 못 벌어… 옛말에도 있잖아, 개처럼 벌어 정승처럼 쓰란 말… 내가 데리고 있던 애들 이차가 아니라 삼차까지 뛰었어도 모두들 잘 됐어. 너 가수 B 알지?

걔도 내가 데리고 있던 애야.

노래를 하도 잘 불러서 나하고 여기 있는 저 지배인이 작곡가 소개해 줘 그만큼 출세한 거야. 그 애를 봐… 얼마나 귀티나… 두고 봐라. 시집도 아주 잘 갈테니… 내 밑에서 번 밑천가지고 동경에서 큰 술집하는 애도 있고, 동생을 교육시켜 의학박사 만든 애도 있어. 돈만 손에 쥘 수 있다면 뭐든지 다 해야 해… 남에게 해를 끼치는 것은 말고… 내 말인즉슨 내 몸을 팔아서라도 돈은 벌고 봐야 한다는 거지. 한 살이라도 젊었을 때 돈을 벌어야지 나이가 들면 그것도 안 돼. 정신 바짝 차리고 한번 달려 들어 봐…”

새리는 대답하지 않았다.

주인이 이차를 고집한다면 가게를 그냥 걸어나가겠다는 고집이 강하게 풍겨져 나왔다. 그 때 지배인이 주인에게 눈을 껌벅거리더니 끼어들었다.

“그래 그건 니맘대로 해. 평양 감사도 지 싫다면 그만이지… 우린 그런 것 강요하지 않아.”

그러면서 그는 새리를 안심시키려는 듯 미소를 지었다.

선한 오빠의 인상을 풍기려 노력한다는 느낌이 역력했다.

“그리구, 먼저 일수 좀 땡길 수 있어요?”

주인이 자신을 마음에 들어한다는 것을 파악한 새리가 용기를 내어 말했다. 무능력한 내가 동거하게 되어 그녀가 더욱 부담을 느끼는 것은 아닐까.

창은 돈을 미리 땡겨쓰면 업소에 나가도 헛탕이라 하지 않았던가.

“방 보증금 백 만원 하고, 생활비 백만 원은 돼.”

“보증금 백만 원만 받을께요.”

"왜 더 쓰지 않고?"

"그 정도면 됐어요."

"그래? 나중에 더 필요하면 언제든지 말해."

여주인이 돈을 가지러 커튼으로 들어가자 지배인 용호가 새리를 다시 한번 훑어보다가 밖에서 역시 그녀를 보고 있던 나와 눈이 마주쳤다.

"야, 근데…… 저 새끼 뭐냐?"

그가 꼬마삐끼를 보며 야단치듯 물었다.

"어, 내가 잘 아는 형인데… 내가 데리고 다니며 삐끼나 시킬려구."

그말에 용호의 표정이 금방 풀어졌다.

"그래?… 야, 저런 벙벙한 자식이 제대로 하겠냐?"

"저래뵈도 눈치하다는 쌈박하다구."

용호는 나에게서 재수없어하는 표정을 거두고 새리에게 시간엄수, 지배인에 대한 절대복종, 절대친절, 그리고 손님에게 바가지 씌우는 법 등… 업소에 나오면서 지킬 사항들을 일러 주었다.

졸지에 로마의 삐끼가 된 것이 나는 그렇게 기쁠 수가 없었다. 사실 나는 집을 나오면서 창을 찾아오면 이런 일을 소개시켜 줄 것을 기대하고 있었는지도 모른다.

나는 집을 나온 지 며칠되지 않아 단란주점의 삐끼가 되어 상상하지 못했던 호객행위를 하고 있었다.

새리와 같이 있을 수 있다면 이보다 더 쪽팔리는 짓도 얼마든지 할 수 있을 것 같았다.

대기업의 신입사원인 듯한 청년이 지나가고 있었다.

"형, 일단 들어가서 아가씨 구경만 하구 가, 응? 맥주 넷에 과일 안주, 기본이 사만오천 원이거든요?"

청년의 입에서 술냄새가 풍겨나고 있었다.

업소에서 가장 좋아하는 손님은 이미 입에서 술냄새를 풍기는, 신용카드를 가지고 있을 것이 틀림없는 회사원들이었다. 행인은 내 손을 뿌리쳤다.

"야야, 비싸다아."

일단 대꾸를 해주는 사람은 반 이상 가게 안으로 끌어들인 것이나 마찬가지였다.

내 말에 한 번만 더 반응을 보인다면 90퍼센트 이상 덫에 걸려들었다고 자신할 수 있었다.

나는 어느새 삐끼의 세상을 반쯤 터득하고 있는 것이었다.

"아, 그럼 형, 내 이름을 걸구…"

잠재적인 손님이 웃었다.

"니 이름을 걸어? 니 이름이 뭔데… 니가 대통령 쯤 되냐?"

내가 그 사람의 팔에 쪼르르 매달려가고 있을 때, 꼬마삐끼가 내 어깨를 잡아 끌었다.

"형, 형, 그냥 일루 와."

"왜에?"

꼬마삐끼가 뒤쪽을 바라보며 다급하게 말했다.

"짭새 떴어, 짭새."

우리는 얼른 길가에 붙어 호객행위에 관심이 없는 척하고 있었
다.

두명의 경찰관이 앞을 지나치다가 꼬마삐끼를 발견하고는 반
가운지 미소를 지으면서 다가왔다.

"뭐 해, 임마."

꼬마삐끼가 짜증난다는 듯 톡 쏘아붙였다.

"아우, 할 일두 무진장 없나 봐. 아 왜 맨날 우리 가게에만 와
요?"

이왕 들켰으니 이판사판이란 표정이었다.

녀석이 몸서리치는 시늉을 하였다.

"잘 돼냐?"

경찰관은 무언가를 바라는 듯 꼬마삐끼를 붙들고 늘어질 참이
었다.

"안 돼니까 나와서 삐끼치죠."

경찰관은 당돌한 꼬마삐끼의 볼을 잡아 당기면서 계속 말을 붙
였다.

"많이 했어, 오늘?"

꼬마삐끼가 두명의 경찰관의 등을 밀어댔다.

"아니요, 가져간 지 며칠이나 되었다고… 오늘은 그냥 가요, 그
냥… 아휴…"

　그 말에 경찰관들은 자신들이 무리한 요구를 하고 있음을 인정한 듯 겸연쩍은 미소를 남긴후 ‘돈 많이 벌어라’ 하는 말을 남기고 사라졌다.

“해도 너무해. 자기들한테 퍼주면 우린 뭘 먹고 살라고…”

“경찰관들이 돈을 달라는 거야?”

내가 물었다.

“아 그래… 경찰관, 소방관, 구청, 동사무소에 뜯기는 돈만 해도 엄청나… 저 사람들 월급만으로 못산다고 하지만 실제로는 얼마나 잘 사는 지 몰라. 씨발 자기네 식구들한테는 모른 척하구…”

“자기네 식구?”

나는 이해가 가지 않았다.

“저 밑에 여인의 섬이란 술집 있잖아. 그거 짭새 두명이 다른 사람 이름으로 하는거야. 거기에는 공무원들이 아예 가지를 않아. 깡패새끼들도 그렇고… 저번에 사정을 모르는 깡패새끼들이 그집에 들어가 지배인 자리를 달라고 했다가… 큰 조직에서 연락을 받고 끽 소리 못하고 물러났대. 세상이 이렇게 좆같으니 어디 살겠어…”

내가 알 리 없는 세상이었다.

“저 술집 주인인 형사 두명은 재산이 수십억 있대. 수사 한다고 돌아다니면서 명당이라는 땅은 모조리 사 들였다가 바가지를 씌어서 판대지 아마…”

나에게는 별천지 같은 얘기였다.

"야 그거 재밌다… 더 얘기해 주라."

"나중에… 조금 더 이 바닥에 있다보면 형도 다 알게 돼. 형은 위에서 해. 나는 밑에서 할테니까."

하긴 사치스럽게 그런 말이나 듣고 있을 수는 없었다. 먹음직한 물고기들이 지나가고 있기 때문이었다. 창과 꼬마삐끼는 잠재적 손님을 물고기라 불렀다.

꼬마삐끼가 경찰관들이 간 방향으로 걸어갔다. 나는 다시 사람들의 얼굴을 살피기 시작했다… 새리를 위해… 정확히 표현할 수는 없지만 술집에 끌려들어올 물고기 인상을 하고 있는 사람은 따로 정해져 있었다.

삐끼생활이 일 주일도 되지 않았지만 하루에 거의 한팀 이상을 가게로 밀어넣을 수 있었다.

장족의 발전이었다. 그런 내 자신이 차츰 대견해지는 것이었다.

시계바늘이 자정을 향해 걸어가고 나의 먹이감이 될 것 같은 사람이 지나가도 붙들기 귀찮아졌을 때 꼬마삐끼가 다가왔다.

"형, 우리 들어가 라면이라도 먹고 나오자."

편의점에서 컵라면을 사 먹을 수 있었지만 한푼이라도 더 새리에게 갖다 주기 위해 그럴 수는 없었다.

로마 안으로 들어갔다.

마지막 팀이 양주로만 퍼마시고 있었다. 눈대중으로도 100만

원 이상은 바가질 쓸 것 같았다.

부엌에다가 라면을 끓여달라고 주문하고 문 앞의 테이블에 앉았다.

몇 테이블 건너 용호가 하루 매상을 점검하는지 장부를 보면서 만족스런 표정을 짓고 있었다.

아마 마지막 손님에게 덮어씌울 바가지 술값을 생각하고 있으리라.

"형, 저 용호형이 새리를 좋아하는 것 같아."

이름을 밝히기 싫다면서 자신을 그저 꼬마라 불러 달라던 꼬마삐끼가 말했다.

나는 가슴이 철렁했다. 저 무지막지한 인간이 새리를 좋아한다면, 내가 저 인간과 싸울 수 없다는 절망감이 몰려들었다.

지금까지 살아오면서 한번도 내곁을 떠나지 않는 것 같은 실패감이 증폭되면서 심장이 빠르게 고동치기 시작했다.

내가 새리를 좋아한다는 사실을 아는 인간은 없었다. 모두들 새리가 갈 곳 없는 나를 거두어 주고 있다고 짐작하고 있을 뿐이었다. 나는 아무런 말을 하지 않았다.

"오늘 아침에 용호형하고 목욕탕에 갔었거든. 그때 물어 보는 거야… 새리가 형과 사귀냐구? 그래서 모른다고 그랬지."

이번에도 나는 대답하지 않았다. 용호는 알고 있는 것이 틀림없었다… 내가 새리를 사랑한다는 것을. 저 깡패는 어떻게 알았을까…

라면 그릇이 테이블에 놓여졌을 때, 그래서 우리가 젓가락을 집어들었을 때 저쪽 테이블에서 작은 소동이 일어났다. 란이 자리에서 일어나 지배인에게 다가갔다.

"아휴, 저것들 완전 진상이야. 돈두 없는거 같애."

란은 그 말을 하고 재수 옴붙었다는 표정으로 밖으로 나갔다. 그 말에 용호가 미소를 지으면서 자리에서 일어나 손님들이 있는 테이블로 다가갔다.

"에이, 사장님들 즐겁게 노시구 왜들 그러십니까, 쫀쫀하게. 노셨으면 정당하게 계산을 하셔야지요. 우리라고 물 퍼다가 장사하는 것이 아니잖습니까?"

지배인의 공손함에는 위협이 배어 있었다. 조직폭력배의 행동대장이라면 두목도 함부로 할 수 없는 실세라는 말을 창으로부터 들은 적이 있었다.

용호라는 행동대장은 두목의 명령으로 누군가를 불구로 만들어 놓고 감옥생활도 했다는 말도 들었다.

깡마른 체격에 눈매가 만만치 않은 손님이 용호를 똑바로 쳐다보며 대답했다.

"아, 노는거 좋아하네 씨발. 나 오늘 하나도 못 만졌어. 하나두 못 만졌다구."

손님은 새리를 원망스런 시선으로 바라보았다. 그의 친구로 보이는, 자그마한 키에 둥근 얼굴의 다른 손님이 재밌다는 표정으로 주절거렸다.

"쪽팔려, 쪽팔린다, 새꺄. 이런데 와서 기집년 거기도 못 만지고… 난 이런 좆같은 술집은 처음 봤네. 씨발 놈이 킹카가 나온다고 해서 왔더니만 거지 취급 당하는 구만…"

새리는 눈가에 물기를 머금고 자리를 박차고 일어났고, 깡마른 체격의 손님이 그녀의 손목을 나꿔챘다.

"어딜 가, 이 씨발 년아!"

새리는 온몸으로 뿌리치고 있었다.

"아, 놔요!"

"오, 그래? 좋아. 그럼 우리 돈 못 줘."

깡마른 손님이 용호의 가슴을 밀치며 문 쪽으로 향하자 그의 일행도 일어나 의기양양하게 그 뒤를 따랐다. 나는 겁이 나 무섭게 가슴이 뛰었지만 용호는 태평한 얼굴로 그저 미소만 짓고 있을 뿐이었다… 자주 경험하는 일이라는 듯.

얼굴이 동그란 손님이 나가면서 주절거렸다.

"야, 이것들 다 미성년자에 불법이라구… 경찰 불러, 경찰!"

꼬마삐끼가 앞을 막았다.

"이런 법이 어딨어요? 술을 마셨으면 돈을 내야죠."

"야, 이 새끼는 밥맛 떨어지게 생겼구만… 안 내겠다는게 아니야, 새꺄, 내! 낸다구. 단, 오늘은 못내, 새꺄, 아휴 새끼."

손님이 손으로 꼬마삐끼의 머리를 밀었다.

용호가 가소롭다는 듯 낄낄거리며 웃었다. 그리고는 웃통을 벗었다.

"웬만하면 참으려고 했는데, 개좆같은 새끼들이 내 약을 올리는구만. 오래간만에 몸좀 풀어 보겠구만."

구렁이 한 마리가 그의 등과 배를 감싸고 있었다.

"야, 문 걸어라."

꼬마삐끼가 재빨리 앞으로 나가 문을 걸었다.

"문 걸어? 문 걸면 어쩔 건데 새꺄! 너 불법 감금이야. 너 감빵 가고 싶어? 우리가 누군데… 야 경찰에 신고해."

손님들이 이구동성으로 말했다.

용호가 앞으로 걸어 나가 둥근 얼굴의 손님의 멱살을 틀어쥐고는 으르렁거렸다.

"부르고 싶으면 니가 불러, 새꺄. 야! 나, 니들 돈 안 받아두 좋아. 대신, 오늘 니들 좆나게 맞어 봐라, 씹새끼들아!"

용호가 둥근얼굴의 손님에 주먹을 먹였다. 술집 지배인을 우습게 보았던 것일까… 큰소리치던 손님들은 당황한 빛을 드러내기 시작했다.

주먹의 맛에 손님은 혼절할 것처럼 비틀거렸다. 폭력조직의 행동대장을 그들은 너무나 우습게 안 것이었다.

"어? 당신 저, 정말 이럴 꺼야?"

용호의 솥두껑만한 주먹이 두 손으로 자신의 얼굴을 가리는 손님의 턱을 다시 돌렸다. 손님은 피를 흘리며 저만큼 나가 떨어졌다.

"그래, 어쩔래? 어째, 이 새끼야. 똑바루 안 서? 이 개새끼야!

니들 저기 뒤 공장의 공돌이지, 씹새끼야. 일루 와! 일루 와아!"

용호가 손님을 들어 바닥에 내던질 찰라였다. 깡마른 체격의 손님이 테이블에서 과도를 들어 그의 옆구리를 찌르고 말았다. 눈 깜짝 할 사이에 벌어진 일이었다.

"어어…"

용호도 나도 손님도 벌어진 입을 다물지 못하고 있었다.

"야, 빨리 튀자!"

손님들은 우르르 몰려 나갔다.

용호의 옆구리에서는 뻘건 피가 꾸역꾸역 뿜어져 나오고 있었다.

"이… 이런 시팔 놈들…"

용호 눈동자에서는 순간 살기가 돌았다. 그는 문 옆 청소도구함에 숨겨져 있던 알루미늄 야구방망이를 집어 들고 뛰쳐나갔다.

손님들이 택시를 잡아타고 막 출발하기 직전이었다.

용호는 차 앞을 막고 방망이로 인정사정보지 않고 앞 유리창을 깨뜨렸다.

유리조각이 차 안으로 튀어 들어갔다.

"안 나와? 안 나와?"

옆으로 돌아가 유리창을 깨뜨렸다. 본니트에 올라가 사정없이 방망이를 휘둘렀다.

겁에 질린 손님들이 문을 열고 동시에 사방으로 튀기 시작했다.

용호는 복부를 칼로 찔렸는데도 전혀 그런 것같지 않게 펄펄 날뛰었다. 도망가는 깡마른 손님을 쫓아가 방망이로 등, 다리, 머리를 사정없이 후려 갈겼다.

"사, 살려주세요… 자, 잘못했습니다. 사람 살려! 사람 살려!"

호랑이를 알아보지 못하고 날뛰던 강아지처럼 손님은 두 손을 모으고 싹싹 빌기 시작했다.

"사람 살려! 사람 살려! 한번만… 네 선생님… 다시는 다시는… 사람 살려! 사람 살려!…"

환락가에 비명소리는 아주 잘 어울리는 것 같았고, 나 역시 처음 대하는 광경은 아니었다.

용호는 그 손님의 다리를 질질 끌고 가게쪽으로 다가갔다. 그냥 내버려두면 살인이 발생할 것 같았지만 어느 누구도 말릴 생각을 하지 못하고 있었다.

"오늘 너 죽고 나 죽는다… 이 거지 새끼들이 나를 희롱해… 독사를 희롱해…"

용호는 죽는다고 비명을 지르는 손님을 인정사정 보지 않고 걷어찼다.

발길질 한 방에 적어도 갈비뼈 한두 대 쯤 부러졌을 것 같았다.

손님은 비명도 지르지 못하고 컥컥거렸다.

용호의 허벅지는 웬만한 여자의 허리보다 더 두터웠고 팔뚝은 여자의 목둘레보다 더 두꺼워 보였다. 그런 그에게 다가가 누가 만류할 수 있단 말인가. 야구방망이로 머리를 맞지 않으면 다행일 것이다.

나는 멍한 시선으로 그것을 바라보았다. 내가 할 수 있는 일이라곤 그렇게 하는 것 뿐이었다.

저런 인간이 새리를 좋아한다는 사실에… 나는 다시 절망하지 않을 수 없었다.

경찰차가 오더니 두명의 경찰관이 내렸다. 그들은 별일 아니라는 듯 용호에게 다가갔다.

"어이 용호. 그만 해, 그만 하라니까."

경찰관은 동생에게 하듯 다정하게 말했다.

용호의 야구방망이가 땅에 던져졌다.

"에이, 씨발…"

용호는 자신의 배를 움켜쥐고 그 자리에 주저 앉았다.

경찰관이 그에게 다가가 상처난 곳을 움켜쥐고 있는 용호의 얼굴을 들여다보았다.

"찔렸나?… 음 좀 찔렸군? 저 새끼들이 찔렀어? 그렇다면 살인 미수군, 살인 미수야. 자네는 정당 방위야, 정당 방위…"

용호는 119 구급대에 의해 종합병원 응급실로 실려갔지만 깊이 찔린 것 같지 않게 하루 만에 상처에 붕대를 칭칭 감고 퇴원했다.

새리의 몸을 만지지 못한 것을 핑계로 술값을 내지 않고 도망가려던 손님들은 살인미수를 들고 나오는 경찰의 위협에 못이겨, 용호의 조직원들이 동원되어 협박하는 바람에 술값 뿐만 아니라

치료비, 게다가 합의금까지 지불해야 했다.

대기업 과장의 1년치 월급에 해당되는 거금이었다고 했다. 전세 보증금까지 빼서 합의금을 치룬 사람도 있다고 했다.

용호는 호구를 물어 목돈을 쥐었기 때문인지 오히려 싱글벙글이었다.

나는 걱정이 되었다. 그 무서운 지배인이 새리를 좋아한다는 말을 들었고, 내 힘으로는 도저히 그로부터 새리를 지켜 줄 수 없기 때문이었다.

새리가 목욕할 동안 내 생각은 그 범주에서 벗어나지 못하고 있었다.

새리가 수건으로 머리의 물기를 닦으면서 방으로 들어왔다. 나는 거실로 나가기 위해 몸을 일으켰다. 내가 잘 곳은 그녀의 방이 아니었다.

"너 내가 좋아?"

새리가 거울 속에 비친 나에게 물었다.

"응."

나는 쉽게 대답했다. 엄마로부터 '엄마가 좋아?' 라는 질문을 받은 아기가 대답할 때처럼.

"어디가 좋은데?"

새리가 다시 물었다.

"… 그냥, 다…"

사실 나는 그녀의 모든 것이 좋았다. 새리가 고개를 휙 돌리곤 노려보듯 나를 쳐다보았다.

"한 번 하구 싶다 이거지?"

나는 그럴 생각이 전혀 없는데 새리는 넘겨짚고 있는 것이었다.

억울했다.

나는 창이랑 같은 부류가 아니지 않은가. 그점을 모를 리 없는 그녀가 무슨 뜻으로 그런 소리를 하는 것인가. 나는 할말을 찾지 못하고 있었다.

"니가 암만 그래두, 난 나쁜 짐은 절대 안 자."

"나도 알어."

나는 그 말을 하고 거실로 나왔다.

전화번호부를 배게삼아 누워서 이불을 덮었다. 눈은 피곤했지만 정신은 또렸했다.

야구방망이를 들고 택시를 부수는 용호의 사나운 모습이 반복되어 뇌리에 나타났다.

그 모습을 보고 겁을 먹고 있는 새리… 그녀에서 더 멀리 떨어진 곳에 서 있는 나…

이리 뒤척 저리 뒤척하고 있을 때, 소리가 들렸다.

"너 들어와 잘래?"

"아, 아니. 괜찮아."

"나도 괜찮으니까 어서 들어와… 오늘만 같이 자지 뭐…"

기다리던 제의는 아니었지만 나는 기뻤다.

“그, 그럴까… 그냥 옆에서 자기만 할게.”

나는 이불을 집어 들고 새리의 방으로 들어갔다. 새리가 침대 중앙에서 가장자리로 비켜 주었다.

“넌 저기서 자.”

방바닥에서 잘 줄 알았던 나는 침대로 올라가 창가 옆에 누웠다. 새리와는 간격이 많아서 서로의 몸이 닿을 위험은 없었다. 새리 옆에 누워 있으니 새리의 머리카락에서 풍기는 샴푸 냄새가 더욱 잠을 달아나게 했다.

“자?”

새리가 나에게 물었다.

“아니…”

내가 새리에게 대답했다.

“일어나 봐.”

새리가 일어나면서 나에게 말했다.

나는 금방 몸을 일으키지 못했다.

“하구 싶다며? 일루 와 봐.”

새리가 내 손을 잡아 일으키는 바람에 나는 어쩔 수 없이 일어나 앉았다.

“일루… 일루 와 봐.”

나와 새리는 서로의 얼굴을 보고 앉았다. 그녀가 손을 뻗어 내 팬티 속을 파고 들어왔다. 나는 움찔하지 않을 수 없었다.

“몸 돌려서 내 앞에 앉아.”

팬티 속에서 내 물건을 만지작거리며, 다른 손으로 내 얼굴을 쓰다듬기 시작하던 새리가 조용히 타이르듯 말했다.

"눈을 감아"

그러나 난 눈을 감지 않았다.

나를 빨아들이고 말 것 같은 그녀의 두 눈을 오래도록 바라보고 싶었다. 나를 한없이 주눅들게 하며 아름답게 빛나는 저 눈동자 속에, 진하고 어둡게 드리워진 그림자의 정체는 뭘까?

그녀의 두 눈이 촉촉한 물기로 젖기 시작하자 나는 와락 그녀를 껴안았다. 새리의 입술이 달콤한 사과처럼 내 입술에 부드럽게 감겨 왔다.

그녀의 혀가 천천히 내 입 속을 밀고 들어오자 짜릿한 전율이 온 몸을 스치며 흘렀다. 그녀의 단단한 젖가슴을 감싸는 내 손길 역시 떨리고 있었다. 주체할 수 없는 흥분으로 그녀의 입술에 탐닉하던 나는 천천히 그녀를 침대에 뉘었다.

내 서툰 손길이 새리의 팬티를 비집고 들어가자 새리가 나직이 중얼거렸다.

"난 절대 나쁜 잠은 안자."

일순 긴장했지만 난 피식 웃음을 터뜨렸다.

"그래도 이렇게 만지기만 하는 건 괜찮지?"

그녀의 동그란 엉덩이를 쓰다듬으며 얼굴을 서로 부빈 채로 잠이 들 수 있던 그날은 무척 행복한 날이었다.

강하기만 하던 그녀의 영혼이 천사 같은 부드러움으로 내 가슴

속에 안겨 온 날이었다.

　지치고 가엾은 그녀의 영혼이 기대어 쉴 수 있는 상대가 겨우
나같은 존재라는 사실이 안쓰럽기도 했지만, 이런 것이 사랑인지
도 모른다는 생각이 들었다.

5

천국에서 흘리는 눈물

천국에서 만나도 너는 이 아빠의 손을 잡아 주겠니?

천국에서 만나도 너는 이 아빠가

일어설 수 있도록 도와 주겠니?

아빠는 하루하루의 삶을 살아야 한단다.

너처럼 천국사람이 아니니까.

해가 중천쯤 떠 있을 때, 나는 눈이 부셔 잠에서 깨어
났다.

새리는 벌써 일어나 빨래를 하고 있었다.

침대 위에 남겨진 두 사람의 흔적이 잠시 까닭모를 행복감을
느끼게 했다. 새리가 빨래를 끝낼 때까지 소변을 참아야 하나 아
니면 밑으로 내려가 다른 방의 신세를 져야 하나 하면서 바지를
꿰차고 있을 때 노크 소리가 들렸다.

"누구세요?"

새리가 물기 묻은 손을 털면서 문을 열었다. 뜻밖이었다. 지배
인 용호가 자그마한 선물상자를 들고 서 있었다. 며칠 전 칼에 찔
린 배는 이상이 없는 것인지… 나는 그가 괴물처럼 느껴졌다. 그
는 기름기가 번지르르하게 흐르는 얼굴을 안으로 들이밀고 미소

를 지었다.

"웬일이야?"

새리가 깜짝 놀라며 물었다.

"어… 할 얘기가 좀 있는데…"

"무슨 얘기?"

새리는 문과 문틀 사이를 물 묻은 손으로 가로막고 물었다.

용호는 그 팔을 뿌리치면서 안으로 들어왔다.

"들어가. 어, 들어가서 얘기하자."

용호가 들어왔고, 내 눈은 어쩔 수 없이 그의 눈을 피하지 못했다. 나는 겁이 나서 얼른 고개를 숙여 인사를 했고, 그의 얼굴은 일그러졌다.

그가 내 얼굴과 새리의 얼굴을 번갈아 쳐다보았다. 그가 새리를 마음에 두고 있다는 사실을 알고 있는 나는 더 당황할 수밖에 없었다.

"요것들 봐라. 대가리에 피도 안 마른 것들이. 야! 가게로 좀 와라. 얘기 좀 하자."

용호는 선물을 그냥 들고 밖으로 나갔다. 그는 쇠난간을 손으로 통통 치면서 계단을 내려갔다. 며칠 전 야구방망이를 들고 날뛴 것은 아무 것도 아니라는 듯 시위하며 내려갔다.

새리는 로마 주인으로부터 선금받은 것을 후회하고 있었다. 하지만 늦은 것은 분명했다. 늦어도 너무 늦은 것이었다. 손님이 새리의 몸을 만지지 못했기 때문에 술값을 주지 않겠다면서 난동을 부리고, 게다가 지배인 용호는 그로 인해 칼까지 맞았다. 새리는 자신 때문에 벌어진 일로 사실 지배인에게 미안한 감정이었는데… 용호가 그것을 이처럼 빨리 이용할 줄 몰랐다.

새리는 이를 악물었다.

"걱정하지 마. 나 갔다 올게. 그래 봐야 죽기 밖에 더하겠어?"

새리는 혼자서 가겠다고 했지만 내가 따라갔다. 가게로 들어서는 내 발이 무거웠고, 새리가 발걸음을 옮길 때마다 내 가슴은 점점 옥죄어들고 있었다.

새리가 구석 테이블로 다가가 용호 앞에 앉았다. 용호는 대낮부터 술을 마시고 있었다. 나는 몰래 문 앞 테이블에 앉아서 영업 시간을 기다리는 척 하고 있었다. 그는 이미 취해 있었다. 새리를 보고는 양주를 잔에 따라 쉬지 않고 입에 털어 넣은 후 테이블에 사납게 내려놓았다. 탁! 하는 소리가 실내에 울려 퍼졌다.

"또 주정하기만 해 봐, 나 갈 거야."

새리의 공갈에는 두려움이 숨겨져 있었다. 그 테이블에서 멀리 떨어져 있는 나의 다리가 대책없이 떨리고 있었다. 만일 새리에게 무슨 일이 벌어진다면 나는 그녀를 보호하기 위해 내 몸을 던질 수 있을까.

"… 새리야, 너 아직도 이 오빠의 진심을 모르니?"

용호는 줄리엣에게 무릎 꿇고 사랑을 호소하는 로미오처럼 진지한 모습이었다.

"오빠 이러지 마, 이런다구 내가 오빠를 좋아할 것 같애?"

새리는 냉정을 강하게 내세우기 위해 두려움을 감추고 있었다. 그녀의 태도에 용호는 속아 넘어가고 있었다. 그는 몸을 부르르 떨었다. 새리를 노려보다가 갑자기 유리잔을 움켜쥐었다. 내 숨이 멈추는 것 같았다. 나는 입을 쩍 벌리고 그곳으로 돌진할 마음의 준비를 하고 있었다.

짜악!

용호는 유리잔으로 테이블을 내려 찍었고, 유리잔은 박살이 나고 말았다. 그의 손에서 피가 흘렀다. 그는 며칠 만에 다시 피를 보고 있는 것이었다. 그는 잡아먹을 듯 새리를 노려보았다.

"이게, 이게 내 진심이야, 새리야… 응?"

새리는 피를 대하고도 수그러들지 않았다. 지배인 용호보다 더 무서운 눈으로 그의 눈을 노려보았다.

"너, 내가 한 번 먹구 치울래면 진작에 먹구 치웠어. 알어?"

그 말을 들으면서 새리는 쥬스잔에 든 얼음을 단숨에 입에 털어넣고 우득득 씹었다.

짜악!

새리가 유리잔을 들고 테이블을 찍었다. 테이블에는 박살난 유리조각이 피에 섞여 흐르고 있었다. 홀 안에 있는 모든 사람들이 놀랬다. 청소하던 꼬마삐끼, 나, 부엌의 주방장… 벌어진 입을 다물지 못하고 그 장면을 바라보고 있었다.

"미안해. 오빠."

새리의 눈에서 눈물이 흘러내렸다.

"이런… 씨… 씨발 년…"

용호는 전보다 더 심하게 부르르 몸을 떨었다.

"나는 죽어도 오빠같은 사람을 사랑할 수 없어… 왠지 알어?… 난 울 아버지나 오빠 같은 사람하고는 절대로 사랑할 수 없단 말이야."

새리는 피를 토하듯 외쳤다. 그녀의 눈물이 테이블 위에 떨어져 피와 섞여 흘렀다. 꼬마삐끼가 새리의 손을 잡고 끌었다.

"병원 가자 우리, 어서."

의원은 업소에서 가까운 곳이었다. 술먹고 싸우다 다친 건달들이나 손님들을 주고객으로 돈을 벌고 있는 곳이었다. 30대 후반의 의사는 빨지 않아 꾀죄죄한 가운을 입은 채 오징어를 안주삼아 소주를 마시고 있다가 환자를 맞았다. 다른 의원과는 달리 대낮에는 환자가 없는 곳이었다. 의사는 꼬마삐끼가 들려 준 부상원인을 듣고는 혀를 찼다.

"야, 깰거면 그 자식 머리를 깨든지… 응? 손이 이게 뭐니? 자기 손을… 물!"

간호사가 갈라진 새리의 손에 물을 부었다. 의사는 핀셋으로 유리조각 하나하나를 손에서 빼내었고, 그럴 때마다 새리는 신음소리를 내었다.

"큰일났다, 여자애가 유리나 깨고… 너 이게 상처는 며칠 지나면 아물긴 하겠지만… 너 이게 자국은 다 남는 거야 그대루… 이게… 응?"

"아무래두 그 집 관둬야 겠다…"

내가 곁에서 말했다. 말하자마자 바보처럼 쓸데없는 소리를 했다는 후회가 들었지만 의사가 나를 도와주었다.

"그래라, 관둬 응? 내가 들어보니까 안 돼, 그런 집. 지배인이란 작자가 말이야 손님에게 야구 방망이를 휘두르지 않나, 종업원에게 협박을 가하지 않나… 아무리 깡패라지만 요즘 깡패는 그러지 않아요."

"받을 돈이나 다 받구… 아!"

의원 앞에서 꼬마삐끼는 업소로 돌아갔다. 나는 새리를 집에 데려다주고 가겠다고 했다. 비록 용호가 새리 일로 나를 미워할지 모르지만 그렇다고 일을 하지 않을 수 없었다. 어느새 날이 어둑해지고 있었다. 새리는 mp3로 음악을 듣고 있었고 나는 말없이 곁에서 걸어 주었다. 그녀는 머리를 흔들다가 문득 발을 멈추고 가만히 서서 듣고 있었다. 진지한 표정을 짓던 새리가 한 손으로 헤드폰을 벗어 내 머리에 씌어주려 해서 내가 받아 귀에 걸었다.

"이것 좀 들어 봐. 에릭 크립톤의 '티어즈 인 헤븐(Tears in Heaven)' 이야. '티어즈 인 헤븐' 이 무슨 뜻인 줄 알어?"

"천국에서 흘리는 눈물이라고 하면 맞아?"

새리가 고개를 끄덕였다.

"난 이 노래를 들을 때마다 눈물이 나. 사랑하는 아들을 잃고

그 아들에 대한 죄책감과 평소에 잘해주지 못한 후회가 담겨져 있
잖아. 난 영어를 못하지만 이 노래의 가사는 다 알고 있어. 들으면
서 가사 내용을 음미해 봐. 난 하루에 한 번 꼭 이 노래를 들어야
하거든. 이 노래를 부른 에릭 크립톤의 아들이 뉴욕의 아파트에서
떨어져 죽었대…"

　한 남자가 절규하고 있었다. 에릭 크립톤이란 가수가 누구인지
나는 알지 못했다.

　새리가 슬픈 목소리로 가사 내용을 들려 주었다. 영어를 좀 하
는 편인 나는 한쪽 귀를 열어 그녀의 노랫말 낭송을 들었다. 새리
는 차분하면서도 슬픈 목소리로 낭송했다.

천국에서 만나도 너는 이 아빠를 알아볼 수 있겠니?
천국에서도 너는 예전의 그 모습을 하고 있겠니?
아빠는 마음을 단단히 먹고 열심히 살아가야 한단다.
너처럼 천국 사람이 아니니까.

천국에서 만나도 너는 이 아빠의 손을 잡아 주겠니?
천국에서 만나도 너는 아빠가 일어설 수 있도록 도와주겠니?
아빠는 하루하루의 삶을 살아야 한단다.
너처럼 천국 사람이 아니니까.

때로는 실망할 때가 있고

때로는 무릎 꿇고 기도할 때가 있고
때로는 가슴 아플 때도 있단다.

하지만 얘야.
부탁한다만
너의 소망만은 버리지 말아다오.

그 곳에는 평화만 있겠지.
천국에는 눈물이 있을리 없으니까

천국에서 만나도 너는 이 아빠를 알아볼 수 있겠니?
천국에서도 너는 예전의 그 모습을 하고 있겠니?
아빠는 마음을 단단히 먹고 열심히 살아가야 한단다.
너처럼 천국사람이 아니니까…

새리는 울기 시작했다.
나는 그녀의 어깨를 감쌌고, 그녀는 머리를 내게 의지해 왔다.
당찬 그녀가 그런 노래말에 운다는 것이 믿어지질 않았다.

새리를 집에 데려다 주고 급히 업소로 달려갔다. 문을 열었을
때 그곳의 공기가 평소와 다르다는 것을 금방 알 수 있었다. 하긴
새리에게 사랑을 거절당한 지배인 용호가 가만 있으리라 생각한

것은 아니었다.

　용호의 고함치는 소리에 멈칫한 나는 안으로 들어가려다가 문 앞 테이블에 앉고 말았다. 안에서는 잘 보이지 않는 어두운, 업소 직원들이 음식을 먹기고 하고 쉬기도 하는 공간이었다. 나는 숨을 죽이고 안을 쳐다보고 있었다.

　"야, 이 씨박 새끼야, 이 씨발 놈들아. 장사가 안 되면 일찍 일찍 나와 청소두 좀 하구 그래야지. 무슨 싸움 짓거리야 싸움 짓거리는! 이 자식들아. 제대루 못해? 이 새끼야."

　만취한 용호가 깡패 동생들을 엎드려 뻗쳐를 시켜 놓고 야구방망이로 엉덩이를 때리고 있었다. 창의 애인 란은 강아지를 안고 숨을 죽이고 있었다. 아무도 나설 수 없는 상황이었지만 그냥 내버려두었다간 몇 명이 야구방망이에 맞아 허리를 다칠 것 같았다. 안되겠다 싶었는지 꼬마삐끼가 용기를 내어 앞으로 나섰다.

　"아, 형 이게 뭐야. 군대도 아니고 쌍티나게."

　"야, 씨발 새꺄. 아가리 닥치고 안 꺼져!"

　야구 방망이가 자신의 머리에 내려 앉을 것 같자 꼬마는 사색을 하고 뒤로 물러났다.

　"네…"

　용호는 다시 야구방망이를 치켜 올리며 고함질렀다.

　"똑바루 대! 안 그러면 허리 나가!"

　지배인이 갑자가 매질을 멈추고 꼬마삐끼를 보고 물었다.

　"가, 가만..이 한이 이 새끼 어디 갔어? 어디 갔어, 어?"

나는 심장이 파열하고 그 자리에서 생똥을 쌀 것 같았다. 란이 나에게 얼른 도망치라는 눈짓을 하고는 기어들어가는 소리로 대답했다.

"저 한이요… 그만둔대요."

"관둬, 누구 맘대로 관둬? 웃기구 있네, 씨발 놈."

용호의 매질은 정도를 더해가고 있었다.

나는 몸을 숙이고 소리가 나지 않게 문을 열고 밖으로 나와 도망치듯 걸어 새리의 방에 도착했다. 뛰어오지도 않았는데 호흡이 거칠었다. 이젠 둘 다 직장을 잃었다. 그러나 앞으로의 생계가 걱정되지 않았다. 새리와 더 가까워진 것만으로도 나는 하늘을 날 것 같았다.

"오늘은 일 안 해?"

새리가 물었다. 나는 솔직하게 말하기로 했다. 둘러대기에는 업소에서 벌어지는 상황이 우리에게는 너무나 심각하기 때문이었다.

"용호한테 아이들이 줄빳다를 맞고 있어. 몇 명은 허리뼈가 부러질지 몰라."

"나한테 딱지맞고 그런 거지?"

"설마…"

그렇게 짤막하게 말하면서 나는 속으로는 '아마 그럴 거야' 라고 대답했다.

새리는 침대에서 일어나 혼자서 손의 붕대를 풀려 안간힘을 다

하고 있었다. 왼손과 이빨로 단단히 조여진 붕대 매듭을 푸는 것이 쉽지 않아 보였다. 의사는 생긴 것 같지 않게 아주 꼼꼼하게 붕대질을 한 것이었다.

"왜 그래?"

"씻고 싶어… 너무 근질거려서…"

"알콜로 깨끗이 씻었는데도?"

"빨, 빨리 풀어 줘. 씻지 않으면 가려워서 죽을 것 같아."

새리는 팔짝팔짝 뛸 것같은 표정을 지으면서 자신도 그런 모습이 우스운지 미소를 지었다.

나는 붕대가 매어진 방법을 주의깊게 기억하면서 붕대를 풀어 주었다. 그리고는 세수대야에 물을 받아서 침실로 들어왔다. 거즈에 물을 묻혀 상처 부위를 살살 닦아주고 있었다.

"정말 끔찍했었어, 너 만나기 전엔…"

"… ?"

"맨날 가스 불구… , 술 갈 때까지 마시구… , 안 그러면 잠을 못 잤거든…"

새리는 잠시나마 그 악몽에서 벗어난 것처럼 행복한 미소를 지었다.

섬세하고 여린 손을 씻기는 내 손에 파르르 경련이 일었고, 나는 긴장하고 있음을 들키지 않으려 일부러 그녀의 눈을 쳐다보았다. 새리는 내 손에 쥐어진 자신의 손을 보았다가 내 눈을 보았다.

"왜 그런 눈으로… 왜?"

“어?…”

“응?”

새리는 한숨을 내쉬었다. 땅이 꺼질듯한 한숨이었다.

“난 남자는 믿고 싶지 않았어… 전부 다… 너 만나기 전까지
는…”

누군가 급하게 계단을 오르고 있었다. 그리고는 문이 화들짝
열렸다. 꼬마삐끼였다.

“한이형, 오라는데 어쩌지?”

그는 걱정을 얼굴에 가득 담고 말했다.

“누가, 용호가?”

“어…”

“무슨 일인데?”

새리가 다 알면서 물었다.

“몰라… 그 새끼 동생들이 마적파하고 붙어서 깨졌다고 미친
개처럼 날뛰고 있어.”

가면 아까 매를 맞은 그의 부하들보다 더 심하게 맞을 것이 분
명했다. 나 때문에 새리를 차지할 수 없다고 생각하는 그가 어떤
식으로 보복할지 뻔했다. 나는 몸이 쪼그라드는 것 같았다.

“취했어?”

새리가 걱정스런 표정으로 물었다.

“완전히 갔어. 미치겠다니까 그 새끼.”

“한이야, 너 가면 죽어. 지금 도망가, 빨리. 그리고 넌 그 자식

한테 가서 한이 내 집에 없다고 그래."

새리의 말에 꼬마삐끼는 당연히 그래야 한다는 듯 손을 앞으로 내저으며 큰소리로 말했다.

"알았어. 한이형 어디가서 죽었는지 모른다고 할게. 형, 지금 나하고 나가서 다른 곳으로 도망가."

새리가 나를 보고 그렇게 하라고 고개를 끄덕였다.

나는 신발을 신고 베란다로 나왔다. 먼저 내려간 꼬마가 사색을 하고 다시 뛰어올라오더니 문 앞으로 다가왔다.

"어휴, 저새끼 벌써 온다. 들어가, 들어가서 문 닫고 엎드려 있어. 없는 척하고 숨어 있어, 얼른."

이제는 죽었구나하는 절망감이 든 나는 도로 새리의 방으로 들어가서 문고리를 걸었다. 그리고는 숨을 죽이고 귀를 밖으로 기울였다. 용호가 쿵쿵거리며 계단을 올라오는 소리가 들렸다.

"없나 본데…"

꼬마가 그 말을 맺기도 전에 따귀 맞는 소리가 들렸다.

"뻥까구 있어, 개새끼가…"

문이 심하게 흔들렸다.

"야, 문 열어."

발과 주먹으로 문짝이 떨어질 것 같았다. 새리가 머리짓으로 창문을 통해 도망가라고 신호했다. 창문을 열고 내다보니 다행히 건물벽에 좁은 돌출부분이 붙어 있었다. 집을 다 짓고 건설업자가 제대로 마무리하지 못한 흔적이었다.

하지만 나에게는 그것만이 탈출구였다. 머리가 뒤로 제껴지지만 않는다면, 그래서 몸의 균형을 잃지만 않는다면 추락할 것 같지 않았다.

나는 새리의 뺨에 키스를 하고 창문을 열고, 창틀에 두 손을 대고 몸을 내려 간신히 발끝을 돌출부분에 걸 수 있었다.

"문 열어, 있는 거 다 알아 개새꺄!"

새리가 현관에서 신발을 들고 와 넘겨 주었다. 나는 그것을 받기 위해 균형을 잃을 뻔하였으나 다행히 추락하지는 않았다. 나는 신발끈 두 개를 이빨로 물고 있었다. 입에서 침이 주르르 흘러내렸다.

"좋게 얘기할 때 지금 문 열어. 나중에 씹창나지 말고! 셋 셀 동안 안 열면 깨고 들어간다. 들어가서 있으면 죽어? 하나!"

용호는 집이 떠나가라 고함을 질러댔다. 동네 사람들이 다 들을 수 있을 정도였다. 그가 셋을 세기 전에 문 유리창 깨지는 소리가 들렸다. 그는 셋을 셀 때까지 기다리겠다는 사소한 자신의 약속조차 지키지 못하는 정신병자였다. 그가 문을 걷어차면서 구둣발로 방 안으로 들어오는 소리가 들렸다.

내 심장은 더욱 빨리 뛰고 있었다. 방안으로 들어 와 창문으로 내다보면 나는 죽은 목숨이나 다름없었다 .

"없네? 아, 그럼 문을 열어 주지…"

용호는 언제 그랬냐는 듯 부드러웠다.

"있긴 뭐가 있다고 그래? 나 이제 오빠하곤 상관이 없으니까 나가 줘!"

새리가 거세게 나왔다. 그녀가 침대에 던져지는 것 같은 충격이 느껴져왔다.

"에이, 쌍년이 이게 오냐오냐 하니까, 이게 씨… 앉어 봐, 얘기 좀 하게!"

"무슨 얘기!"

새리는 여전히 고분고분하지 않았다. 그녀의 악쓰는 소리는 더해갔다.

"야, 너 가서 맥주나 좀 사와. 문 닫고."

무지막지한 용호도 악에 바친 새리의 표정에 주춤했다. 꼬마삐끼가 곁에 있는 것 같았다. 그가 돈을 받아서 가게에 가는지 운동화 발자국 소리가 들렸고, 잠시 후에 누가 올라오는 슬리퍼 소리가 또 들렸다.

"에이씨! 야, 내가 너랑 산다… 그러면, 너랑 살어. 나 그런 놈이야. 넌 나하고 살지 않으면 너 죽고 한이란 놈도 죽어. 알았어?"

용호가 빽하고 고함을 지르고 나자 란의 애교스런 목소리가 들렸다.

"오빠, 여기 있었구나? 여기서 모해?"

"넌 나가 있어!"

"에이, 오빠, 가자! 내 방으로 가자! 나 알잖아? 재있게 해 줄게, 응?"

"…"

"아, 오라버니이-, 가자, 가자, 응?"

"에이, 쌍년이 비키래니까!"

누군가 넘어져 쿵! 하는 소리, 그리고 새리의 날카로운 비명소리가 들렸다.

"어머, 란이야!"

다급한 발자국 소리들이 어지럽게 난무했다. 일순 정적이 감돌았다.

"얼씨구, 이씨… 아이씨, 일 좆같이 꼬이네. 아이씨… 야 빨리 내 등에 업혀… 아 씨발 년… 하필이면 문지방에 대갈통을 박을 게 뭐람. 야, 죽지는 않았지?"

용호의 목소리에는 어느새 두려움이 가득 배어 있었다. 야구방망이로 손님을 개잡듯 패던 그가 이처럼 겁을 먹었다면 란의 상태가 보통 심각한 상태가 아닐 것이다.

"어머… 란의 입에서 거품이 나와… 흰자위가 보이고… 란이야, 란이야 죽지 마… 죽지 마…"

란이 지배인의 등에 업혀 병원으로 향하는 것을 벽에 매달려 보면서 나는 조심스럽게 밑으로 내려왔다. 나는 순간적으로 란에게 무슨 일이 벌어지면 나도 가만 있지 않겠다고 생각했다.

란은 나와 새리를 위해 2층으로 올라왔다가 그런 변을 당한 것이기 때문이었다. 내가 가출하여 창이만 찾아오지 않았더라면 결코 이런 비극은 벌어지지 않았으리라. 눈 앞이 깜깜했고 나에게 달라붙어 떨어지지 않는 악운의 노예가 된 것 같았다.

6

나쁜 잠

아버지의 그런 가식적인 관용이 싫었다.
모든 것을 이해하고 있다는 투의 얼굴은
더욱 참을 수 없었다.
나는 내가 지옥 바닥까지 망가졌다는 것을
보여주고 싶었지만 웬일인지
그런 언행은 나오지 않았다.

창을 데리고 뒤늦게 병원에 도착한 나를 보고 용호는
의외로 화를 내지 않았다. 조금 전에는 패 죽이겠다고 날뛰던 그
가 아니었던가. 나를 때리겠다는 그에게 죽기살기로 덤벼 볼 각오
가 없었다면 나는 창과 함께 병원에 나타나지 못했을 것이었다.

창이와 함께 병원으로 달리던 나에게는 그에게 매를 맞을지 모
른다는 공포심 따위는 존재하지 않았다.

이상했다. 조금 전에는 그가 두려워 담벼락에 붙어 있었지 않
았던가. 그런 나에게 공포심은 허접쓰레기나 다름 없었다.

그는 병실로 들어서는 나를 보고 본척만척 했다. 그는 십년감
수했다는 표정으로 여러 번 안도의 한숨을 내쉬었다. 나도 한숨을
내쉬었다.

"야, 사고로 다친 걸루 해야 의료보험 처리되는 거다."

그는 나와 창을 바라보며 비겁한 미소를 흘렸다. 경찰에 신고하지 말아달라는 무언의 아부였다. 창은 아까 전부터 그런 용호를 노려보고 있었다. 하지만 그가 이쪽으로 눈을 돌리면 다른 곳으로 시선을 돌리고 말았다. 창이 무슨 수로 막강 폭력조직의 행동대장을 맞서 싸울 수 있단 말인가.

"엑스레이 사진을 열 장도 넘게 찍었는데 뒤통수에 찰과상이 난 것 빼놓고는 이상이 없다지 뭐야… 씨발 년 고따위로 넘어질게 뭐야. 왜 나를 건드려, 건드리긴…"

용호는 야비하게 책임의 일부를 란에게 뒤집어씌우는 간교함을 드러내고 있었다. 하지만 나, 창, 새리는 묵묵부답으로 그 말을 들어 주는 인내심을 발휘하고 있었다.

아니 강한 자에게 비겁하게 꼬리를 내리고 있다는 표현이 적절할 것이다.

"실은 내가 지금 건설회사 사장놈 팬 건으로 집행유예 중이거든? 너두 내가 다시 빵에 가면 맘 편하겠냐?"

용호는 억지미소를 지으면서 다정한 오빠처럼 물었다.

"됐어, 오빠. 그렇게 해요. 내가 재수없는 년이지."

머리에 붕대를 칭칭 동여맨 란이 그 말에 실망했는지 돌아 누으면서 머리가 텅빈 계집애처럼 대답했다. 웬일인지 나와 새리를 위해 나서려다가 까닥 잘못했으면 뇌진탕으로 큰일을 당할 뻔했던 그녀가 천치바보처럼 보이는 것이었다.

나는 그런 시선을 가진 내가 슬펐다.

"그래, 고맙다. 내 이 은혜 잊지 않을게."

창은 그렇게 말하는 용호를 바라보았다. 용호가 병실을 나가려다가 그런 그의 눈을 쏘아보았다. 그렇게 노려봐서 어쩌겠냐는 조소가 담겨 있었다. 그는 여차하면 얼굴을 갈기겠다는 표정으로 주먹을 쥐고 있었다.

"넌 뭐냐?"

창은 상대가 상대인지라 함부로 할 수 없었던지 갑자기 태도를 바꾸어 두 손을 모으고 공손한 자세를 취했다.

"… 란이 깔인데요…"

창은 분노를 목구멍속에 감추고 있었다. 하지만 만일 용호가 주먹이라도 날린다면 큰일을 버리고 말겠다는 결의가 풍겨져 왔다. 순간 나는 긴장하지 않을 수 없었다.

"오 그래, 좀 보자."

용호는 태도를 누그러뜨리더니 창의 어깨에 손을 올리고 복도 창가로 데리고 갔다. 나도 모르게 안도의 한숨이 내쉬어졌다.

저녁이라서 햇살은 들어오지 않았고, 아직 전등도 켜지지 않았다. 두 사람이 실루엣처럼 그 흔적만 보였다.

"니 애인 다쳐서 미안하다."

"…"

창은 아무런 대답도 하지 않았다. 당신은 정말 미안해해야 한다는 듯이… 내가 입을 열면 당신에게 좋지 않다는 듯이.

용호가 잠시 주저하더니 큰 결심을 했다는 듯 뒷주머니에서 지갑을 꺼내어 돈을 빼들었다. 두께로 보아서 20만 원 정도로 보였다.

"이거, 란이 뭐 맛있는 거 좀 사 줘라."

"…"

"받어."

창은 그 돈을 받았고, 용호는 할 일을 다했다는 듯 휘파람을 불고 층계를 내려갔다. 창은 그 돈을 내려다보며 한동안 말없이 고개를 숙이고 있었다. 내가 만일 창의 입장이었다면 어떤 태도를 취하고 있을까.

나중에 어떻게 되든 복수를 위해 죽어라 달려들 것인가 아니면 그래 봐야 더 손해를 보는 것이 틀림없기 때문에 꼬리를 내리고 말 것인가. 후자가 될 것이다… 나를 가장 잘 아는 사람이 바로 나다.

의사가 지나가고 있었다. 창이 돈을 든 채로 그에게 다가갔다. 난 보았다… 녀석의 눈에서 물기가 어리는 것을.

"저… 304호 환자요…"

"머리에 타박상 입은… ?"

의사는 창이 그렇고 그런 인간임을 즉시 간파하고 거만한 자세를 취했다.

"네. 언제 퇴원해야 하나요?"

"치료할 건 다했으니까, 안정되는 대로 아무 때나 해도 됩니다. 하지만 큰일날 뻔했습니다. 당분간 머리는 절대 건드리면 안돼요.

따귀를 맞고 죽은 사람도 있어요. 앞으로 그런 일 없도록 해요.”

40대 의사는 창이 폭행범이라도 되는 것처럼 곱지 않은 시선을 거두고는 황급히 다른 층으로 올라갔다. 상대도 하기 싫다는 듯이…

우린 해장국집에서 술을 마셨다. 란이의 머리가 깨져 받은 쥐 꼬리만한 돈의 일부로 세 아이는 술을 마셨다. 나는 내 목구멍을 타고 넘어가는 알싸한 소주와 텁텁한 순대국이 란의 고통의 결과라는 사실에 눈물이 나왔다.

울고 싶었다. 내 목구멍으로 독한 술이 넘어갈 때마다 가슴이 미어져 왔다.

나도 그렇지만 너희들도 별 수 없는 인생들이구나 생각하면서 나는 창이가 따라주는 술잔을 넙죽넙죽 받아서 삼켜버렸다.

파리가 이리저리 날아다니는 식당 안에서 우리만이 손님이었다. 나는 엉망으로 취해 있었다. 내 스스로 혀가 꼬이고 발걸음이 흔들리고 있다는 것을 알 수 있었다. 그러나 내 가슴을 갈기갈기 찢어놓은 슬픔은 흔들리지 않았다. 내가 아니었다면 란은 다치지 않았을 것이다.

“… 좋다, 걔는 지가 재수없는 년이래니까, 당해도 싼 년이래니까 그렇다 치자. 근데 우리는 이게 뭐냐?”

나는 고함치듯 물었다. 창이는 나의 새로운 모습을 보고 재미있는지 빙그레 웃었다.

"뭐가? 이 자식 완전히 꼭지가 돌았네. 술도 못하는 새끼가 두 병이나 처마셨어."

나는 창의 손을 뿌리쳤다. 그도 싫었고, 나도 싫었고, 세상도 싫었다.

"란이가 용호한테 좆나게 얻어 터졌는데… 이건 뭔가 좆나게 비겁한 거 같애… 너무 비겁해… 안 돼! 이렇게 비겁하면! 비겁하면 안 된단 말이야 이 새끼야!"

나는 담배갑을 창의 얼굴에 던졌다. 마치 녀석이 이 세상 모든 문제의 원인인 것처럼.

창은 눈을 동그랗게 뜨고 놀라는 표정을 지으면서 당혹감을 감추지 못했다.

좀처럼 욕을 모르는 내 입에서 쌍소리가 마구 터져나오자 녀석은 혼돈스러워하는 것이었다.

"아, 진짜 씨발 이 새끼가 미쳤나, 쪽팔리게 씨."

창이 먼저 자리에서 일어나 음식값을 치루고는 밖으로 나갔다. 나는 녀석을 잡을 작정으로 그 뒤를 따랐고, 내 뒤에는 새리가 말없이 따라오고 있었다.

내 곁에 그녀가 있다는 것이 좋기는 했지만 나로 인해 란이 다쳤다는 것이, 까딱 잘못했으면 죽을 수도 있었다는 것이 괴로워 견딜 수 없었다.

'너 때문에 내 애인 란이 죽을 뻔했다'고 나에게 욕설을 퍼붓지 않는 창이 미웠다. 그래서 녀석을 길 옆으로 확 밀어버렸다. 창은 나의 기습공격을 받고 하마터면 넘어질 뻔했다.

"이 씹새끼야."

"… 하지 마."

나는 다시 창을 밀쳤다.

"이 씨발 놈아, 하지 말라구."

그래도 나는 창을 다시 밀었고, 창은 어쩔 수 없었는지 나의 얼굴에 주먹을 던졌다. 나는 쓰러졌고, 그제서야 분을 이기지 못한 창은 내 가슴이며 배를 주먹으로 찔러댔다. 난 매을 맞으면서 녀석이 나에게가 아닌 자신에게 분노하고 있다는 것을 알고 있었다. 나는 녀석을 죽이고 싶었고, 녀석도 나를 죽이고 싶어하고 있었다. 난 녀석의 속내를 다 알고 있었다.

"하지 마아!"

새리가 다친 손을 내밀어 창과 내 사이를 가로 막자, 창은 나에게 던지려던 주먹을 거두고 혼자서 먼저 걸어갔다. 하지만 갑자기 집요해진 나는 몸을 일으켜 쫓아가 녀석의 뒤를 덮쳤다. 우리 둘은 길 한복판에 벌렁 누워버렸다.

나는 녀석을 패서 죽인 후, 나도 어딘가에서 죽고 싶었다. 별과 초생달이 그런 우리를 내려다보고 있었다.

"아, 씨발! 좆같애!"

나는 목청이 찢어져라 밤하늘을 향해 고함을 질러댔다.

"너만 좆같애, 나두 좆같애. 개새꺄! 이 미친 새꺄!"

창은 씩씩거리면서 먼저 가버렸고, 나는 새리의 부축을 받고 상체를 일으켜 한동안 앉아있다가 간신히 하체를 세울 수 있었다. 나는 속으로 녀석의 마음에 상처를 주지 않았을까 걱정되기 시작했다. 나에게 고맙게만 대해준 녀석에게 내가 먼저 시비를 걸고 행패를 부리다니….

"오늘은 우리 순진한 한이가 취했어… 웃긴다 얘… 너같이 젖비린내 나는 아이가 주정을 하니까…"

"새리야, 니가 좋아한다는 그 노래 좀 불러 줄래? 왜 에릭 크랩톤인가 하는 가수가 지어 불렀다는 것 말야."

그녀는 잠시 망설이더니 표정을 가라앉히고 세리는 영어가사로 Tears in Heaven을 불렀다. 나는 그 노래를 들으면서 가사를 음미했다. 제법 세련된 발음으로 감정을 실어 부르는 새리의 노래는 끝내 처연한 음색으로 변하고 말았다. 새리가 마지막 구절까지 다 부르고 나서였다.

"특별히 그 노래를 좋아하는 이유라도 있어?"

술 취하지 않고서는 물어보기 어려운 질문이었다.

"부러워서 그래… 에릭 크랩톤의 죽은 아이가…"

"죽은 아이가 부럽다니…"

"그 아이에게는 자신을 위해 눈물을 흘려주는 아버지가 있지 않니… 비록 죽었지만 말이야. 그리고…"

새리는 말을 이으려다가 그만두었다. 나는 그녀의 말꼬리가 심하게 떨린다는 것을 알았다. 나는 새리의 손을 꼭 잡았다.

취기가 금새 사라지고 말았다.

"우리 앞으로 그 노래 듣지 말자."
새리는 대답하지 않았다.

　용호 때문에 깨어져 나간 문 유리창은 새리가 없는 동안 깨끗이 수리되어 있었다. 빗자루를 들고 깨진 유리조각을 구석으로 쓸어 넣고서야 나는 세수를 끝냈다.
　집을 뛰쳐나온 몇 주일 사이에 나는 부쩍 달라져 있었다. 그나마 가끔씩이라도 스치던 엄마 생각이나 학교 공부 그런 것 모두가 낯선 일들이 되고 말았다.
　지금의 생활이 좋은 것인지 나쁜 것인지, 바람직한 것인지 아닌지에 대해 전혀 감을 잡을 수 없었고, 또 판단하고 싶지도 않았다. 그저 마음이 가는 대로 생활이 흘러가는 대로 자신을 버려 두었다.
　멍하니 침대에 누워 있는데, 새리가 옆으로 다가와 찢어진 얼굴의 상처에 키스를 해 주고는 내 사타구니에 손을 집어 넣었다.
　"벌써 섰네?… 오늘은 니가 나 해 줘라."
　새리는 나에게 마음의 문을 여는 순간부터 줄기차게 나를 향해 달려왔었다. 나는 내 손을 새리의 그 곳에 집어넣어 애무해 주었다.
　그러나 나쁜 잠을 자지 않겠다는 그녀의 말은 아직도 유효한 것이었다. 나는 그녀의 그 것을 애무했고, 그녀는 내 것을 애무했다. 내가 이렇게 까지 변할 수 있다는 사실이 믿어지질 않았다.

그동안 너무도 많은 것을 모르고 살았지만, 지금 이 순간 이런 식으로 이렇게 살아도 좋은 것인지에 대해서는 솔직히 자신이 없었다. 인생이란 그저 이렇게 흘러가면 그만인 것이 아닐 거라는 생각이 들기도 했다.

하지만 후회는 하고 싶지 않았다. 사랑하고픈 여자와 같이 할 수 있다면 난 얼마든지 더 나빠질 자신이 있었다. 나는 그저 그녀를 더욱 사랑하고 그녀에게서 위로받고 싶을 뿐이었다.

누가 이런 내 모습을 바라보고 있다는 느낌이 들었다.

그가 누구인지는 모르겠지만… 의식하지 못하는 것처럼 행동하리라.

새리가 갑자기 내 손을 뿌리치더니 내 팬티를 벗긴 후 또 자신의 것도 벗었다.

"오늘은 우리, 나쁜 잠을 자는 거야."

새리는 내 동의를 구하지 않고 내 위에 걸터앉았다. 나도 그녀와 하나가 되고 싶은 마음이 간절했다. 학교에서 배우지 않았어도 난 얼마든지 그렇게 할 자신이 있었다.

이런 느낌을 가져다 준 여자는 새리가 처음이었고, 또 마지막이 될 것 같았다. 새리는 내 몸 위에서 오래동안 머물다가 조용히 내려와 침대에 쓰러졌다.

"안 돼, 도저히 안 되겠어."

새리는 머리를 저으면서 자신에게 실망하고 있었다.

"잠깐만 넣다 빼 보자, 응?"

“안 돼, 미안해…”

새리는 슬픈 표정으로 머리를 흔들면서 나에게 등을 돌렸다.

“대체 왜 그러는 거야? 하고 싶다면서?”

새리를 내 것으로 만들어 놓아야 한다는 동물적인 욕구가 나에게도 있다는 사실에 전율하면서도 나는 그 욕구를 따르고 싶었다.

“…. 나중에 다 얘기해 줄게…. 어쨌든 지금은 할 수가 없을 뿐이야.”

우리는 잠을 쉽게 이루지 못했지만 서로 단 한마디의 말도 더 하지 않았다.

늦은 밤인데도 거리는 인파로 붐비고 있었다. 금요일 밤은 항상 그렇게 붐비는 것이었다. 나는 꼬마삐끼가 사준 닭꼬치를 먹으면서 꼬마삐끼 옆에 달라붙어 그가 삐끼치는 것을 바라보고 있었다.

“기다리라니, 도대체 언제까지 기다리라는 거야?”

나는 꼬마삐끼가 마치 용호라도 되는 듯이 따져 물었다.

지배인 용호는 란이 입원했던 병실에서 분명히 나에게 말했었다. 내가 삐끼친 돈을 주겠다고… 하지만 아직도 돈을 주겠다는 연락을 받지 못해 꼬마삐끼를 통해 알아보라는 부탁했던 것이었다.

“용호 그 새끼 순 양아치야, 포기해. 아니면 돈 줄 때까지 계속 일하던가…”

꼬마가 안됐다는 표정을 지으며 말했다. 그럴 수는 없었다. 그런 놈 밑에서 계속 일하다간 결국에는 사고를 치고 말 것이다. 나는 짜증이 나서 견딜 수 없었다.

한푼이 아쉬운 이 판국에 돈을 못받을 것 같다는 꼬마삐끼의 말은 머리를 지끈거리게 했다. 나는 편의점 대형 유리창턱에 엉덩이를 걸쳤다. 택시 한 대가 멈추더니 중년의 남자 한 사람이 내렸고, 꼬마가 그 사람에게 달라붙었다.

"사장님, 영계들 하구 술 한잔 하구 가시죠, 네? 저기요, 제가 싸게 드릴께요. 네?"

그는 꼬마삐끼를 무시하고 곧장 나에게 다가왔다. 마치 나를 찾고 있었다는 듯이. 나는 그의 얼굴을 알아보곤 들고 있던 닭고치를 버리고 말았다.

"여기서 너두 저런 거 하냐?"

부드러운 말투였다.

"엄마가 전화했어요?"

나는 그저께 아버지와 헤어진 친엄마에게 내가 집을 나와 이곳에 직장을 구해 살고 있으니 걱정하지 말라는 말을 했었다. 아버지에게 오래 전부터 버림을 받고 있었다는 사실을 안 엄마는 아버지를 그토록 미워하면서 왜 나의 소재를 아버지에게 알려 주었단 말인가. 이해할 수 없는 엄마였다.

엄마는 혹시 내가 자신을 찾아올까 봐 겁을 집어 먹은 것이 아닐까. 아버지는 얼굴에 미소를 가득 담고 호쾌하게 웃으면서 내 어깨를 툭 쳐댔다.

"그래, 임마."

"친구가 돈을 빌려 달라고 했다며?"

"네."

"새엄마가 안 된다고 해서 나온 거야?"

"…"

"앞 뒤 사정을 얘기했으면 새엄마도 돈을 주었지… 무턱대고 그만한 돈을 달라고 하니까 애들이 무슨 돈을 그렇게 많이 달라고 하나 해서 주지 않았다고 하더군."

아버지는 나에게 담배를 내밀었다.

"너두 피울래?"

나는 아버지의 그런 가식적인 관용이 싫었다. 모든 것을 이해하고 있다는 듯한 표정의 아버지는 더욱 참을 수 없었다. 새엄마가 집으로 들어오지 않았더라도 아버지는 나에게 담배를 내밀며 피우라고 했을까. 아버지는 어느새 나를 담배를 즐겨 피우는 아이로 생각하고 있었다.

아마 그 이상으로 망가졌다고 생각하고 있을 것이다. 그러면서도 겉으로는 별 것 아니라는 듯한 표정을 하고 있는 아버지….나는 내가 지옥 바닥까지 망가졌다는 것을 과시하고 싶었지만 웬일인지 그런 언행은 나오지 않았다.

"아뇨."

"펴라."

"됐어요."

"펴, 임마. 괜찮아."

"금방 폈어요!"

아버지는 손을 거두면서 한숨을 내쉬었다.

"나 그냥 가랴? 응? 그냥 가?"

아버지는 내 옆에 앉으면서 담배를 입에 물었다.

"네, 가세요."

아버지는 내 얼굴을 한참 쳐다보더니 자리에서 일어났다.

"새엄마가 그렇게 싫으냐?"

"…"

다른 아이들처럼 미국 유학이나 보내자고 아버지에게 조르던 새엄마나, 아직은 그럴 때가 아니라고 달래는 아버지나 별반 다를 게 없었다.

"앞으로 1년만 더 참아… 그럼 우리끼리만 살 수 있잖아."

슬며시 뿔따구가 났다. 엄마고 아버지고 자식을 귀찮아하는 위인들에게는 제발 벼락을 내려주십시오 하고 신에게 기도하고 싶었다.

아버지는 나에게 돈을 건네주었다. 엄마를 오래 전부터 배신했었던, 새엄마와 오손도손 사는데 방해물이 된다고 나를 귀찮아 하는 아버지를 용서할 순 없었지만 돈은 절실했다.

나는 돈을 주머니에 찔러 넣었다.

"대충하구 그냥 집에 들어와라."

아버지는 별 수 없이 곧 들어오고 말 거라는 표정으로 두어 번 내 차림새를 살피더니 발걸음을 돌렸다..

꼬마삐끼가 내게 다가왔다.

"형, 누구야? 형네 아빠야?"

"담배나 줘."

"형네 아빠 보통 사람처럼 보이지 않는데… 혹시 선생님 아니야?"

"…"

"틀림없어… 귀신을 속일 수 있어도 내 눈은 속일 수 없거든. 그런데 선생님 아빠가 자식에게 담배를 피우라고 권해?"

나는 아버지나 엄마가 자식에게 담배를 권했다는 말을 들은 적이 없었다. 그런 점에서 나의 아버지는 2000년 전의 예수처럼 무진장 깨인 사람이거나, 멍청이거나… 그렇지 않으면 비겁자라는 생각이 들었다.

여하튼 돈이 생겨 기분이 좋았다. 용호로부터 삐끼친 돈을 떼일 가능성이 짙다는 말을 듣고 일순간 절망했었는데, 나를 낳은 엄마는 웬수같은 아버지에게 전화를 걸어 나의 위치를 알려 주었다. 엄마도 밉지만… 그래도 보고 싶다. 엄마가 '아들아 이리로 올래?' 하면 달려가겠는데 엄마는 그런 소리를 하지 않았다.

엄마는 자신의 작은 행복을 지키고 싶겠지….

그것이 무엇인지는 모르겠지만 아들을 보는 것이 그 행복에 장애가 되는 것이겠지… 그래서 오라는 소리를 하지 못하는 것이겠지… 그런데 엄마는 그 작은 행복이나마 누리고 있는 것일까. 엄마에 대해서는 처음에 나쁘게 생각해도 이상하게 이해하는 쪽으로 바뀌는 것이었다. 잘 피우지 못하는 담배지만, 담배 연기는 나를 고민하게 만들었다. 남들은 고민거리가 생겨 담배를 피운다고 하던데…

나는 새리의 편안한 얼굴이 보고 싶었다. 이 돈이라면 새리나 나에게 얼마간 더 버틸 수 있는 힘이 되어 줄 것이다. 예상했던 대로 새리는 돈을 보고 밝은 표정을 지었다. 하지만 금방 어두운 표정을 짓는 것이었다.

"란이가 또 임신했어."

'임신'이라는 글자보다는 '또'라는 글자가 더 크게 들렸다.

란이가 지금 아기를 낳을 수 없는 것은 당연했다. 어린애가 어린애를 낳을 수 없기 때문이었다. 더군다나 란이는 보호자조차 없는 고아나 마찬가지였다.

"어쩌다가?"

"니 친구 창, 아주 나쁜 놈이야. 벌써 몇 번째인지 몰라. 란이한테 돈이나 뜯어내고… 내 귀에 들리는 말에 의하면 다른 계집을 사귀고 있다고 하던데… 란이 계집애는 이용만 당하고 있는 거야. 헤어지라고 그렇게 말했는데도 계집애가 맹충이라서 말을 듣지 않아. 너도 그 자식 조심해… 너도 그 자식 때문에 이 곳에 왔잖아."

“아니야, 나는 내 발로 왔어. 창이 때문이 아니야… 그리고 그 자식에게 다른 계집애는 없어. 그건 내가 잘 알아.”

“그 자식을 믿지 말란 말이야. 넌 아직 순진해서 사람을 잘 모르는 것 같아.”

“알았어… 하지만 그 자식은 나의 고마운 친구란 말이야… 걔가 아니었으면 난 여태껏 버텨 낼 수 없었을 거야.”

내가 화장실에서 노는 아이들에게 매를 맞고 있을 때 홀로 찾아와 죽기살기로 싸워 준 나의 고마운 친구 창… 내가 좋아하는 새리가 무슨 말을 해도 나는 녀석을 잊지 못할 것이다.

새리가 말해 준 란의 임신사실을 나는 녀석에게 일부러 물어 확인할 필요는 없었다. 창은 제입으로 다 말하지 않고는 견디지 못하는 녀석이니까.

나는 간만에 녀석에게 한턱 쓰고 있었다. 점심을 짜장면으로 먹고 이젠 PC방에서 게임까지 시켜주고 있으니까 내 형편에 할만큼 하는 셈이었다.

“아, 좆도! 꼭 공부 못하는 년들이 피임도 제대로 못한다니까…”

녀석은 하루 종일 그 일로 짜증을 내고 있는 중이었다.

“아무튼 낼 모레 수술하러 간대니까, 같이 가 줘.”

내가 란이의 오빠나 되는 것처럼 말했다.

“돈은 있대? 요새 일수도 못 찍든데…”

“또 땡긴대나 봐.”

"내 돈 나가는 것도 아닌데… 뭐 … 그럼 가지 뭐…"

본심하고는 전혀 다른 말을 하는 창이었다. 녀석은 중학교 시절에도 마음의 아픔을 필요 이상으로 건조하고도 차가운 표현으로 잊으려 했었다. 녀석은 눈치를 채지 못하겠지만 난 창이처럼 가출한 지 오래 된 불쌍한 녀석들의 언행방식이나 습성을 모두 파악하고 있었다. 그리고 나도 하루빨리 그것들을 터득하려고 애쓰는 중이었다..

7

창과 란

나도 애는 낳고 싶지 않았다.

나나 창과 같은 아들이 태어날지도 모르기 때문이었다.

란이같은 계집애가 태어나도 큰일이다.

그리고 새리같은 딸이 태어나면

슬픈 일이 많을 것 같았다.

란이 수술실에 들어간 이후 창은 계속 창 밖만 내다
보고 있었다.

가을을 재촉하는 비가 주룩주룩 내리고 있었다. 녀석은 중학교
시절부터 일찍 결혼하여 나이 40에 할아버지 소리를 듣고 싶다고
했었고, 그래서 우리들은 녀석을 꼰대라고 놀렸었다.

녀석은 여건만 된다면 지금이라도 란이와 정식으로 결혼하고
싶을 것이다.

김천이나 해남같은 소도시에 자그마한 철물상을 열어 망치, 벤
치, 못 등을 팔기도 하고 보일러 수리같은 일을 하면서 오손도손
살고 싶다고 했었다.

지금의 창은 무슨 생각을 할 수 있을까. 지금도 일찍 결혼해서
철물상을 열어 오손도손 살고 싶을까. 창 밖을 내다보는 창의 모

습이 녀석답지 않게 우울해 보였다.

수술후 한 시간 동안 누워 있던 란을 부축하고 우린 밖으로 나왔다. 비는 멈추어져 있었지만 길은 축축했고 군데군데 물이 고여 있었다.

우린 아주 천천히 걷다가 새리로부터 란을 보신시켜 주어야 한다는 제의를 받아들여 시장 속 허름한 국밥집에 들어갔다. 정작 많이 먹어야 할 란은 먹는 둥 마는 둥이었고 나, 새리, 창은 간만에 불고기 5인분을 시켜 허겁지겁 삼키고 있었다.

주인집 꼬마아이가 테이블 위에서 우리와 같이 식사를 하는 란의 강아지 곁을 떠나지 않고 있었다. 네다섯 살 정도의 계집아이는 강아지의 머리며 꼬리를 쓰다듬으면서 신기한 눈으로 쳐다보고 있었다.

"아가야, 네 이름 뭐니?"

창이 아기의 입에 고기를 물려주면서 물었다.

"민, 해, 정"

아기는 고기를 오물오물 씹으면서 예쁘게 웃었다.

"해정이? 야 니 이름 참 예쁘다. 이 강아지 예뻐?"

계집아이는 고개를 끄덕였다.

그런데 주인여자가 갑자기 다가오더니 아이의 팔목을 잡고는 솥뚜껑같은 손으로 아이의 등짝을 후려쳤고, 아이는 화들짝 놀라면서 자지러지는 것이었다. 우리들은 그런 엄마의 행동을 이해할 수 없었다.

아이는 우리들에게 전혀 방해가 되지 않았던 것이었다.

"아이고 지겨워. 엄마가 밖에서 놀라 그랬지! 어? 왜 여기서 놀아! 빨리 가! 손님들 앞에 얼씬거리지 말란 말야!"

아이는 가게가 떠나가라 울어댔다. 주인여자는 우악스럽게 아이의 팔목을 틀어 쥐고는 주방 쪽으로 질질 끌고갔다.

"뚝 그쳐! 뚝!"

아이는 그치기는커녕 공포심에 더 큰 소리로 울었다. 주인여자는 어른이 맞아도 상당히 아픔을 느낄 것 같은 투박하고도 단단해 보이는 손바닥으로 아이의 뺨이고, 머리통이고, 등짝을 사정없이 후려갈겼다.

음식이 넘어갈 리 없었다. 아이를 떼고 온 란은 이미 수저를 놓고 얻어맞고 있는 아이를 안쓰러운 시선으로 바라보고 있었다. 나도 무슨 엄마가 자기 자식을 저렇게 무지막지하게 패나 하고 의아해하고 있었다.

란이는 참으로 눈치가 없는 아이였다.

"이거 돈 누가 내는 거야? 니가 내는 거야?"

아까 전부터 아이에게 시선을 고정시키고 있던 창이는 자기 때문에 아이가 매를 맞는 것 같아 속상해하는 표정이었다. 그가 고개를 홱 돌려 란을 쏘아보았다.

"에이 쌍년이 남자를 어떻게 보고…"

란이도 팩하는 성미에 수저를 팽개치고 말았다. 테이블에 부딪힌 수저가 바닥에 굴러 뒹굴었다. 낙태수술을 받은 자신에게 어쩌랴 하는 심보가 있었을지도 모른다.

"아휴, 난 못 먹겠다."

란이 배짱을 부리자 창은 표정을 누구러뜨렸다.

"그럼 해장국이나 하나 시켜 줘?"

새리가 끼어들었다. 란이 고개를 끄덕였고 나는 아이를 연신 쥐어박는 주인여자에게 '아줌마! 여기 해장국 하나요!' 하고 외쳤다. 주인여자는 애 패던 손을 멈추고 '알았어요' 했다.

"빙신은, 줘도 못 먹어…"

창이는 무엇이 못마땅한지 란을 째리면서 투덜거렸다. 그 눈빛이 평소와는 다른 것이 섬뜩한 느낌을 주었다.

바로 몇 초 전에는 란에게 화를 내었다가 금방 풀어진 표정을 짓더니만 왜 갑자기 살벌한 얼굴을 하는 것일까.

녀석은 왜 저런 표정을 짓는 것일까.

"뚝 안 할래? 뚝 안 하면 죽여 버릴 꺼야! 응?"

목구멍으로 음식이 넘어갈 수 없는 곳이었다. 해장국이고 뭐고 빨리 나가는 것이 좋을 성 싶었는지 새리가 먼저 자리에서 일어나면서 말했다.

"해장국 취소하고요, 여기 얼마에요?"

주인여자는 배우같은 사람이었다. 아기에게 향했던 무서운 표정을 0.1초만에 환한 미소로 바꾸었다.

"삼만 오천 원이요."

창이 그녀에게 다가가 주머니에서 돈을 꺼내어 내밀었다.

"돈 받으세요."

"미안해요, 맛있게들 먹었어요?"

"아줌마, 맛있는 것은 그만두고 애 좀 때리지 마세요!"

창이 갑자기 소리를 질렀다. 밖에까지 다 들릴 정도였다. 주인 여자의 얼굴에 당혹스러움과 함께 뭐 이런 녀석이 있나 하는 표정이 그려졌다. 우리도 당황하긴 마찬가지였다.

"뭐, 뭐요?"

여자는 자기 아이에게 했던 것처럼 어린 우리가 우습다는 듯 대들 태세였다.

창이 갑자기 주방으로 들어가 주인 여자를 벽 쪽으로 밀어 넘어뜨렸다.

"에이 씨발! 애 때리지 말라구!"

녀석은 조리대의 집기를 쓸어버리면서 다시 소리쳤다.

"하여튼 씨발 에미라는 것들이!"

주인여자가 아이를 감싸안았다. 때릴 때는 언제고 이제는 감싸안는단 말인가.

난 알고 있었다. 창이 몹시 분노하고 있다는 것을… 녀석은 내가 깡패들에게 화장실에서 매를 맞고 있을 때에도 지금처럼 분노했었다. 그 분노에 깡패새끼들은 꼬리를 내리고 도망을 갔었다. 녀석은 깡패새끼들은 인정사정 보지 말고 밟아 버려야 한다고 말하곤 했었다.

창이 콧물과 눈물로 범벅인 아이의 얼굴을 내려다보았다.

"왜 이래…"

주인여자가 입을 열자 창은 양은 함지박을 집어들어 내려칠 태세를 취했다.

"당신이 한번 맞아 볼래? 맞아 볼 거야? 얼마나 아픈지 볼래?"

나는 녀석이 사고칠 것 같아 그의 팔을 잡아당겼다.

녀석의 눈빛을 보았을 때 녀석은 충분히 그러고도 남을 만했다. 그는 내가 맞고 있었을 때에도 거침없이 나이프를 꺼내 휘둘렀다. 앞뒤를 가리지 않겠다는 무서운 살의가 느껴졌다.

"가자, 가."

녀석은 나에게 이끌려 나오며 저주하듯 악담을 퍼부었다.

"한 번만 더 애 때리면 보지를 확 찢어버릴테니까. 씨발 년이…"

녀석은 있는 힘을 다해 양은 함지박을 바닥에 내던졌다. 녀석은 상처를 받고 울부짖는 늑대의 소리를 내었다.

"아니 저것들 왜 저래? 울지마, 응?"

문을 나설 때 주인여자의 말소리가 똑똑히 들려왔다.

"씨발 년 때릴 때는 언제고 이젠 울지 말라고 달래."

우린 성난 황소처럼 씩씩거리며 걸어가는 창의 뒤를 따라갔다.

우리들의 보금자리가 있는 동네로 들어서기 전, 둑방에서 창은 엉덩이를 내리더니 담배를 빼어 물었다.

분노를 삭이고 싶었을 것이다.

나는 녀석의 분노가 바로 자신에게서 비롯되었다는 것을 알고

있었다. 나뿐만 아니라 맹충한 란이란 계집도 육감으로 알고 있었
다. 계집애가 강아지를 쓰다듬으면서 조잘거렸다. 수술받았을 때
의 고통은 이미 잊어버렸는가 보았다.

　"잘 해줬어, 씨발 년. 우리 엄마 아빠도 장난 아냐. 사실 뭐, 엄
마 아빠 손잡구 가서 애 뗸 년이라 할말은 없지만…, 하여튼 그 담
부터 뭐하나 잘못만 하면 잡년, 못된 년, 헤픈 년 취급을 하는데…
처음엔, 난 그래두 싸다, 일리가 전혀 없는 건 아니잖아. 그렇게
참았는데… 내 딸이 있어서 그랬으면 그렇게까지 안 했을 꺼야."

　그 말에 골이 난 표정을 짓던 창이 피식 웃었다. 녀석이 미소를
지으면서 란을 바라보았다.

　"야, 니가 엄마될 생각하믄… 치… 좀 그렇다, 어?"

　그 말에 새리가 치고 나왔다.

　"야, 너는? 너 같은 아버지는?"

　"난 애 같은 건 절대 안 나, 걱정 마."

　나도 애는 낳고 싶지 않았다. 나나 창과 같은 아들이 태어날지
도 모르기 때문이었다. 란이같은 계집애가 태어나도 큰일이다…
그리고 새리같은 딸이 태어나면 슬픈 일이 많을 것 같았다.

　창이 란을 부축하여 집으로 돌아가고 나는 새리와 함께 로마
여주인에게 갔다.

　새리는 업소를 그만두면서 일한 대가를 받아야만 했다.

　삐끼였던 나는 지배인 용호에게 일한 대가를 받아야 했지만 내

심으로 이미 포기한 상태였다. 내 배짱으로는 그 무지막지한 놈에게 돈을 받아 낼 자신이 없었던 것이었다. 그런 점에서 나는 참으로 비겁한, 겁이 많은 놈이 틀림없었다.

나는 옷가게 입구에 서서 지나가는 사람들을 바라보고 있었고, 새리는 안에서 주인과 이야기를 하고 있었다. 주인 아들로 보이는 고등학생은 라면을 먹고 있었는데, 그 녀석도 잘되봐야 용호같은 깡패가 될 것 같았다.

중학교 시절 나를 개패듯 했던 놈들도 저런 놈들이었다. 나는 가게 속 인간들이 보기 싫어 등을 돌리고 서서 지나가는 사람들을 바라보고 있었다.

"주실 때는 보너스라며 웃으면서 줘 놓구 이제 와서 그건 까구 주시겠다?"

새리의 비아냥이었다. 무얼 믿고 까부는지… 하여튼 겁이 없는 계집애였다.

"니가 뭐가 이쁘다구 내가 보너스를 주니, 주길?"

"하여튼 그거라두 주세요."

"용호가 안 주디?"

"뭐라구요?"

뭔가 잘못 되어가고 있는 것이다. 물론 잘 될 것이라 기대하지는 않았었지만….

"기가 막혀서…"

새리의 투덜거림에 주인의 날카로운 소리가 이어졌다.

“어쨌든 지금은 없으니까 나중에 와. 그리구 일수 못 찍은 거니 보증금에서 깠으니까 방도 비워 줘야 될 거다.”

주인여자는 최후통첩하듯 말하고는 더 이상 말하기 싫은지 매출장부를 펼쳐 보면서 계산기를 두드리는 것이었다.

“에이, 씨발, 뭐 이런 좆같은 년이 다 있어?”

나는 고개를 돌렸다. 새리가 삿대질을 했지만 주인여자는 조금도 동요하지 않는 표정이었다.

그녀는 조소를 흘리는 것조차 아까워하는 것 같았다. 지나가는 똥개를 쳐다보듯 태연했다.

그러면서 걸고 넘어갈 핑계거리를 잡은 양 의기양양하게 얼굴에 홍조까지 띄는 것이었다.

“하, 쟤 말하는 싸가지 좀 봐.”

“이런 개씨발년이!”

라면을 먹던 그녀의 아들이 젓가락을 놓고 일어나 느닷없이 새리의 얼굴에 주먹을 날렸다.

새리는 고목처럼 힘없이 주저 앉았다. 여주인이 안색이 바뀌며 아들을 감싸안고 말리고 있었다.

나는 안으로 뛰쳐들어가지 못하는 내 자신을 가련하게 생각했다.

나는 그와 싸워도 이길 자신이 없었다. 녀석은 학교에서 많이 보던 소위 놀던 아이들과 거의 같은 인상을 하고 있었다.

“얘가 진짜, 아휴⋯”

주인은 아들을 뒷문으로 황급히 들여보내고 말았다.

새리는 무서운 눈으로 주인을 째려보며 입가의 피를 손등으로
닦았다.

"하, 씨발 진짜 좆같네."

새리는 밖으로 나왔고, 나는 그 뒤를 따라갔다. 스스로 내가 비
겁한 놈이라는 확신이 더욱 강하게 들었다.

정말 좆같은 날이었다. 란이 낙태수술을 하였고, 게다가 새리
가 나 또래의 개새끼한테 얻어맞은 더러운 날이었다.

우리는 본격적으로 돈 벌 궁리를 했다. 업소로부터 배척당한
우리가 할 수 있는 선택이란 그리 많지 않았다. 음습한 생각을 품
고 접근하는, 돈을 가진 어른들을 등치는 것이었다.

남들도 다 하는데 우리라고 못할 것이 없었다. 당해도 싼 사람
들을 대상으로 하는 것이니 죄책감은 들지 않을 것이다.

전화방은 담배연기로 자욱했다. 란은 컴퓨터 화면 앞에 앉아
있었고, 나, 창, 그리고 새리는 뒤에 서서 코치하고 있었다.

화면에는 직장인으로 보이는 30대 초반의 신사 얼굴이 보이고
있었다.

"용돈은 달라는 대로 줘야지, 뭐. 암튼 아까 번호로 연락이나
해라."

그가 스피커를 통해 란에게 말해 왔다. 란은 컴퓨터 화면에 웬
만한 영화배우 뺨칠 정도로 예쁘게 비쳐지고 있었다. 신사는 아주

경험이 많은 사람인 것같았다. 아주 태연하게 원조교제를 하는 사람은 사실 많지 않았지만 그 사람은 원조교제를 커피 마시듯 하는 것 같았다. 그 사람의 얼굴이 화면에서 사라졌다.

"야, 마지막에 했던 그 아저씨가 젤 낫다."

란이 말했다. 란은 이왕이면 젊고 핸섬한 남자를 원하고 있는 것이었다.

"벼엉신. 야, 아까 그 두 번째루 해. 늙은 새끼."

란의 말에 창이 타박을 하였다. 란은 그래도 젊고 잘생긴 상대를 선호했고, 창은 돈을 더 많이 가지고 있을 것 같은 사람을 원했다. 결국 란은 50대의 아저씨에게 연락을 해서 만나기로 했다.

란이 커피숍에서 그 사람과 만나 여관으로 가면 나와 창이가 급습하여, 원조교제 했다면서 협박하여 거액을 빼앗아낼 생각이었다. 이왕이면 학교 선생님, 종교인, 대기업 임원, 혹은 중소기업체 사장이었으면 더 좋을 것이다.

란이가 커피숍에 들어간 지 10분 만에 똥배가 나온 아저씨와 같이 나왔다. 아저씨는 커다란 배를 늘어뜨리고 힘겹게 걸었다.

란이 불안한 듯 사방을 둘러보다가 우리를 발견하곤 남자가 보지 않게 살짝 손을 흔들었다.

"어이구, 씨발. 저년은 가면서 저렇게 방실방실 거리는거 봐, 씨발… 저러구 싶나."

창은 란의 멍청함을 흉보는 것이 아니었다. 그녀가 돈을 위해 다른 남자의, 그것도 폭싹 늙어빠진 중년 아저씨의 품에 안기는 것에 짜증을 내고 있는 것이었다.

　우리는 30여미터 간격을 두고 뒤를 따랐고, 두 사람은 근처 모텔에 들어갔다. 나와 창은 초조하게 기다렸다.

　란이 들어간 지 5분쯤 되었을 때 핸드폰이 짤막하게 삑!하는 소리를 내었다. 액정 스크린에 301이란 글자가 떠 있었다. 란이 들어 있는 방번호였다.

　"넌 저기서 기다려!"

　창이 뒤따라 온 새리에게 길 건너편의 옷가게를 가리켰고, 새리는 종종 걸음으로 그 쪽으로 다가갔다. 우린 품 안에 숨긴 몽둥이를 손으로 더듬어 확인했다. 심장이 두근거렸다.

　내가 점점 타락의 늪으로 빠져들고 있다는 인식이 있었지만 이제 와서 멈출 수는 없었다. 나는 어차피 이런 식으로 흘러가게 되어 있는 운명이 아닌가.

　카운터를 지날 때 순간적으로 콧등에 식은땀이 솟았다. 하지만 우리를 불러 세우는 사람은 없었다. 엘리베이터를 타고 3층에서 내렸다. 누가 먼저랄 것도 없이 우리는 품안에 숨긴 몽둥이를 꺼내 들었다.

　이제 301호 문을 박차고 들어가서 늙은 놈의 어깨나 등을 내려치고 공갈을 치면 돈은 나오게 되어 있었다. 그것도 몇만 원이나 몇십만 원이 아닌, 몇백만 원 아니면 몇천만 원까지 받아 낼지도 모른다. 그럼 우린 단란주점의 삐끼노릇을 할 필요가 없고, 게다가 깡패새끼들에게 시달릴 필요가 없게 되는 것이다.

문고리는 늙은이가 샤워하는 사이 란이 풀어 놓기로 약속되어 있었다. 창이 문을 박차고 들어갈 찰라였다.

"아이 씨발!"

복도 천장 구석에 숨듯 붙어있는 CCTV 카메라가 보였다. 밑에서 누군가가 모니터를 보고 있다면 돈을 벌기는커녕 붙들려 주먹들에게 얻어터진 후 경찰에 인계될 것이다.

"토껴!"

창이가 소리를 질렀고, 나는 정신없이 계단을 타고 밑으로 내려왔다. 발각되었다는 확증은 없었지만 우린 골목길로 접어들어 한참을 달리다가 지쳐, 호흡을 가다듬으면서 서서히 걷기 시작했다.

몇천만 원은커녕 천 원짜리 한 장도 건지지 못한 우리는 기가 막혀 서로의 얼굴을 바라보았다.

"새리는?"

내가 물었다.

"우리가 토끼는 것을 보고 혼자서 갔겠지 뭐."

"그럼 란이는?"

창의 미간이 심하게 찌푸려졌다.

"그건 나도 몰라… 정말 요즘 운세 좆같네…"

누가 뒤에서 뛰어오는 소리가 들려, 뒤를 돌아보니 새리였다. 그녀는 헐떡거리면서 발을 멈추었다.

"하여튼 너희들 한심들 하다… 이걸 작전이라구 짰냐, 이 돌대

가리들아!"

"아 씨발 그놈의 모텔에 감시 카메라가 붙어 있는지 누가 알았겠냐. 그 멍청한 년은 이왕이면 여관같은 데 가질 않고… 하여튼 그년을 만나고부터 하루도 재수가 있던 적이 없었다니까."

창이 길 옆 쓰레기통을 발로 걷어차면서 투덜거렸다.

새리의 눈이 찌그러 들었다.

"야 이 쌍놈아, 그걸 말이라고 하냐. 란이가 니놈 때문에 얼마나 고생하는 줄 모르고 그딴 소리를 지껄여. 개보다 못한 놈."

창은 자신도 새리의 말에 동의한다는 듯 고개를 끄덕이면서 입을 꼭 다물고 걸어갔다.

우리는 란의 방에서 기다려 보기로 했다. 나와 새리는 걱정이 되어 밖을 내다보고 있었고, 창은 태평한 척 만화책을 보고 있었다.

두 시간만에 문이 열리면서 란이 들어왔다. 겉옷을 집어던지면서 울음을 터뜨렸다.

"어떻게 된 거야…… 얼마나 무서웠는 줄 알어? 잉잉잉…"

창은 만화책에서 눈을 한번 떼어 쳐다보고는 아무일도 없었다는 듯 다시 시선을 만화책에 두었다.

란이 창에게 때릴 듯 다가가 피난 길에 헤어진 가족 만난 것처럼 안기려 했다.

창이 몸을 살짝 비키면서 그녀를 밀쳤다.

“야야야, 야야야 닭살 돋아! 늙은놈에게 붙어 먹은 년이…”

순간 란의 얼굴이 일그러졌고, 나는 창이 너무 냉정하다는 느낌이 들었다.

“야, 무슨 말을 그렇게 하냐?”

내 말에 창이 만화책을 던져 버리고 문을 닫고 밖으로 나가버렸다.

방바닥에 쓰러져서 흐느끼는 란을 새리가 포옹해 주었다. 기가 막혔다. 누굴 위해 란이 늙은 사람에게 몸을 팔았는데….

문이 열렸다. 나간지 30초도 되지 않은 창이 얼굴을 들이밀고 지껄였다.

“야, 너 그 늙은 새끼한테 돈 받은 거 있지? 것좀 줘 봐.”

나는 저 자식이 사람인가 싶었다. 란이 울음을 왈칵 터뜨렸다.

“아유, 저 새끼 진짜…”

새리가 손에 잡히는 대로 물건을 집어 던지려 하자 창이 자신도 너무하다 싶었는지 고개를 끄덕였다.

“알았다, 알았어.”

다시 밖으로 나갔던 창은 자정이 다 되어 돌아왔다. 녀석은 매우 우울해 있었다. 술은 먹은 것 같지 않은데… 낙태수술을 받은 란보다 얼굴이 더 창백했다.

난 그 이유를 묻지 않았다. 난 베란다에 서서 하늘의 별을 올려다보고 있었다.

내게도 별을 보며 아름다운 꿈을 그리던 시절이 있었을 거다.

그러나 지금은 별과의 물리적인 거리만큼이나 멀어진 날들이었다. 그래. 그런 시절은 영영 오지 않을 것이었다.

란의 방 앞에 앉아 있는 창의 핸드폰이 울리는 소리가 들렸다. 창이 대뜸 짜증부터 내고 있었다.

"아이 내가 무슨 돈이 있다구 그래… 아, 나 돈 없어… 아니 그 인간이 사고 친 거, 뒷감당을 내가 왜 해! 아, 나두 몰라!…그니까 엄마도 나와, 나와 살믄 되잖아!"

녀석은 핸드폰 플립을 사납게 덮고 마당으로 몇 발자국 옮기더니 허리를 반으로 접었다.

그리고는 허연 액체를 토해 냈다. 녀석은 낮에 밖에서 무엇을 했던 것일까. 새리와 두 번째 만나 여관 장롱안에 들어가 가스를 흡입하면서 구토했던 기억이 떠올랐다.

그 때 나도 허연 액체를 토해 냈었다. 저 녀석이 토해 내는 허연 액체는 그것과는 종류가 달라 보였다.

창이 눈물을 손등으로 훔치고 다시 새리의 방문 앞으로 돌아가 앉았다. 길게 내쉬는 한숨소리가 들렸다. 마음의 고통을 혼자서는 감당하기 힘들다는 암시였다.

그 때 문이 열리면서 란이 얼굴을 내밀었다. 마당에 그 그림자가 비쳤을 뿐 나는 그녀의 얼굴을 보지 못했다. 두 사람의 말소리가 내 귀에까지 올라왔다.

"너 나 좋아하냐?"

창이 뻔한 질문을 던졌다.

"응."

"야, 이 미친 년아 원조짓까지 시키는 날 니가 왜 좋아해?"

"그냥…"

"솔직히 말해. 너 내 그게 좋치?"

란이 웃었다. 가볍게 웃었다.

"차….아냐. 넌 그거 잘하지도 못하잖아."

"병신아, 그럼 니가 날 왜 좋아해?"

창의 그림자가 란의 그림자의 뒤통수를 때렸다.

"난 니맘 다 알아. 솔직히 너 나 안 좋아하잖아."

"그걸 아는 년이 이래?"

"그냥… 좋다니까."

두 사람의 사랑싸움은 밤새도록 계속될 것 같았다.

나는 조용히 문을 열고 방으로 들어가 새리 옆에 누웠다. 새리는 아직 잠들어 있지 않았다. 한참 만에 새리가 먼저 입을 열었다.

"너 집에 가고 싶지 않니?"

나는 그 말뜻을 한참 헤아리다가 모기만한 소리로 대답했다.

"아니, 재밌잖아, 여기…. 넌?"

"난 집엔 절대 안 들어가."

새리가 잘라 말했다.

"왜?"

내가 반문하자 새리가 내 귀를 만지작거리면서 자신의 입을 내 귀에 가져왔다.

“나중에 얘기해 줄 게… 하여튼 집에 돌아가고 싶지는 않아.”

“… 그럴 필요는 없어. 니가 말하고 싶지 않으면 내가 들어서 안 되는 거겠지.”

난 정말 새리에 대한 나의 궁금증이 풀리는 것을 원하지 않았다. 아직은 그녀의 고통을 내가 감당할 수 없을 것 같았기 때문이었다.

8

여행

역시 창이는 우리의 짱이었다.
이 더러운 동네를 벗어 나서
마땅한 해결책이 있는 것은 아니었지만
어디론가 훌쩍 떠날 수 있다는 사실이
우리를 설레게 했다.

아침이었다. 햇살에 눈이 부셔 나는 이불을 잡아당겨 얼굴을 묻었다. 하루 종일 잠들고 싶었고, 또 우리는 뼈마디가 풀어지도록 늘어지게 자고 있었다. 계단에서 구둣발이 올라오는 소리가 희미하게 들리더니 문이 화들짝 열리는 소리가 분명하게 들렸다. 용호인가 싶어 급하게 몸을 일으켜 내다보았다. 창이었다. 외출복으로 갈아입은 그는 상기되어 있었다.

"야, 뜨자!"

녀석은 아직 잠자리에서 일어나지 않은 나에게 밖으로 나가자는 몸짓을 했다. 나는 뜨악한 표정으로 녀석을 올려보았다.

"뭐라구?"

"이 좆같은 동네, 아주 뜨자구!"

녀석은 생활터전인 이 동네를 뜨자고 했다. 새로운 삶의 터전을 잡기가 얼마나 어려운지를 잘 알고 있는 그가 뜨자고 했다.

수도 없이 얻어터지고, 발길질에 채여 가며 자리를 잡은 이 곳을 떠나자는 창의 제안은 엉뚱한 것이었다. 그러나 한편으로는 전혀 이해하지 못할 것도 아니었다. 아직도 용호는 호시탐탐 새리를 노리고 있었고, 애를 뗀 지 얼마 안 되는 란이 역시 술집을 계속 나갈 형편은 아니었으니까.

"얼루?"

새리 역시, 반색하는 눈치였다. 갈 데가 있다면 당장이라도 짐을 쌀 기세였다.

"아무 데나…"

창의 대답은 성의없는 것이었다. 하지만 너무나 진지해보였다.

"어떻게?"

새리가 도무지 이해할 수 없다는 표정으로 다시 물었다.

"내가 지금 오토바이 한 대 슬쩍 해 오지 않았겠냐. 너는 한이랑 타고, 나는 란이랑 타고."

그 말에 가슴을 답답하게 만들던 상황들이 한꺼번에 사라지는 것 같았다. 역시 창이는 우리의 짱이었다. 이 더러운 동네를 벗어나서, 마땅한 해결책이 있는 것은 아니었지만 어디론가 훌쩍 떠날 수 있다는 사실이 우리를 설레게 했다.

정말 신나는 기분이었다. 나는 급하게 옷을 주워 입고 후다닥 세수를 하였고, 새리는 수건에 물을 적셔 머리카락을 문지른 다음 빗질을 하였다. 중요한 물건을 챙긴 다음 밖으로 내달았다. 과연

밖에는 또다른 오토바이 한 대가 놓여져 있었다.

새리의 것보다는 훨씬 값이 나가고 신품인 것처럼 보였다. 찾으러 오기 전에 빨리 떠야 할 것 같았다.

"곰팡이 냄새나는 동네여 안녕!"

가로수들이 줄지어 늘어 선, 한적한 국도를 달리면서 우리는 비로소 찌든 술 냄새와 깡패들의 악다구니에서 해방된 것 같은 느낌이었다. 얼굴을 세차게 때리는 바람이 그렇게 싱그러울 수 없었다.

길옆으로 펼쳐진 산과 들의 푸른 정경이, 모처럼 네 아이들의 생기를 되찾아 주었다. 강아지를 품에 안고 창이의 허리를 으스러져라 껴안은 란이도 행복에 겨워 보였고 새리도 자신만만한 폭주족의 기분을 만끽하고 있었다. 나 역시 이런 순간을 위해 집을 나온 것은 아닐까하는 생각으로 새리의 등에 얼굴을 기대며 미소를 지었다.

한번도 쉬지 않고 쉴 새 없이 내달아, 바다가 보이는 해안가에 도착했을 때 우리는 환호성을 질렀다. 동해 바다처럼 짙푸른 파도가 넘실대는 그런 모습은 아니었지만 탁 트인 바다의 풍경은 쪽방 동네 네 아이들의 가슴을 후련하게 씻어 주기에 충분했다.

우린 해변으로 접근하기 위해 철책이 쳐진 해변가를 한참 가다가 바다가 내려다보이는 언덕에서 자리를 잡았다. 저 멀리 섬 두 개가 이쪽을 바라보며 앉아 있었다.

 눈물

"배고프지?"

란이 강아지에게 말했다. 여행길에 지쳤는지 강아지는 눈에 눈꼽까지 낀 채 낑낑 소리조차 제대로 내지 못했다. 아침부터 오후 2시가 지나서까지 아무것도 먹지 못한 우리들은 주문한 음식을 기다리고 있는 중이었다. 이 해변가로 접어들기 전 창이가 읍내 전봇대에 붙어 있던 전단지를 장난스럽게 떼어내 주머니에 넣지 않았다면 우린 이렇게 한가로이 앉아 있을 수는 없을 것이다. 저 멀리에서 스쿠터 한 대가 달려오고 있었다.

"저기 온다."

창이 말했다. 스쿠터가 언덕 아래 길가에 멈추었고, 배달부가 이쪽을 보고 소리 질렀다.

"야! 너네들이 피자 시켰어?"

나는 충분히 배달부의 심정을 짐작할 수 있었다.

"야, 웬만하면 읍내에서 시킬 수 없었냐? 국밥집에 들어가 해장국이나 먹던가?"

배달부는 신경질을 잔뜩 내면서 돈을 받아서는 흙먼지를 풀풀 날리는 길을 돌아갔다. 피자맛은 한마디로 엿 같았다. 치즈는 뿌려진 것 같지도 않았고, 버섯은 그림을 그려 갖다 붙인 것 같이 냄새조차 나지 않았다. 콜라는 미지근했다. 피자를 가장 맛있게 먹은 것은 란의 동생인, 강아지 뿐이었다.

"아이구 시팔, 이것도 피자라고… 이거 밀가루 반죽아냐, 반죽. 우리가 미친 놈이지… 이런 촌구석에서 피자를 시켰으니… 이거

만든 새끼는 평생 피자를 먹어 보지 못한 놈이다. 진짜."

　창이 먹던 피자 반쪽을 허공으로 날리더니 떨어지는 것을 발로
차버렸다. 해변을 더 자세히 보려고 했지만 실망뿐이었다. 발을
담글만한 데는 거의 다 철망을 쳐놓아서 들어갈 수 없었고, 그렇
지 않은 곳은 발이 푹푹 빠지는 뻘이었다.

　"장난해? 이게 바다야?"

　"씨발, 물두 없어… 아휴"

　검은 갯벌만이 드넓게 펼쳐진 위로 석양이 붉게 물들기 시작했
다. 완전히 물이 빠져나간 갯벌로 새리가 오토바이를 몰고 들어갔
다.

　"한이, 너 두 오토바이 타는 것 좀 배워라."

　내가 새리에게 오토바이를 배우는 사이, 창과 란은 마냥 어린
애처럼 갯벌을 딩굴고 있었다.

　"머드팩 하는 거야, 머드팩."

　"미친 년, 머드팩은 알아 가지고. 이왕이면 다 벗고 다 발라라.
너 머드가 무슨 뜻인지도 모르지?"

　"그건 알어… 정말 나를 무시하고 그래… 나쁜 놈…"

　"알어? 그럼 다 발라라! 거기에다가도 발라라. 그래야 밤에 힘
을 쓰지."

　"아이. 싫어… 난 코와 팔만 바르면 돼."

　둘이 상대방의 몸에 진흙을 묻히려고 장난을 치는 사이 새리는
자신의 오토바이에, 나는 창이 훔쳐온 오토바이를 타고 주변을 돌

아다녔다. 속도를 내보았다가 줄였다가, 소리를 크게 내보았다가
줄였다가 하면서… 갈매기 몇 마리가 이쪽까지 날아왔다가 다시
저 멀리 바다로 날아가고 있었다.

오토바이를 나란히 세우고 나서 우린 해가 바다 너머로 완전히
자취를 감출 때까지 말없이 서 있었다. 이 세상에 나와 새리 두 사
람 뿐인 것 같은 느낌이 들었다. 난생 처음 보는 일몰의 황홀한 모
습에 넋이 나간 나는 가만히 새리의 옆 얼굴을 응시했다. 새리는
갯벌 위에 버려진 소녀 인형을 발견하더니 천천히 소중하게 집어
들었다.
　“너, 정말 나쁜 잠 한번두 안 자 봤어?”
　새리가 느닷없는 질문을 던졌다. 나는 정말 그런 적이 없었다.
　“응.”
　나는 자신있게 대답했다.
　“난 어땠을 것 같애?”
　“넌 나쁜 잠은 안 자잖아. 넌 나쁜 잠을 자지 않았어.”
　나는 단호하게 잘라 말했다. 새리의 질문에 대한 대답일 뿐 아
니라 내 자신에 대한 선언이었다.
　“너, 내가 너랑 키스하구 니꺼 만질 때 얼마나 좋아했는지 알
지?”
　“…”
　난 대답할 수 없었다. 새리가 나를 만지면서 좋아했다는 것이

믿어지질 않았다. 나는 그녀가 나를 위해 그렇게 하는 줄 알았었다. 나는 여자가 남자와 그런 짓을 하면서 기쁨을 누린다는 것을 모르고 있었다.

"니가 내꺼 만져줄 땐 더 그랬구… 지난 번엔 너랑 하구 싶어 정말 미칠 뻔했었어."

내가 새리를 즐겁게 해주었다는 말도 믿어지질 않았다. 새리는 진흙이 잔뜩 묻어 더러워진 인형을 쓰다듬으며 조용히 말했다.

"내 침대 옆에 커다란 인형이 하나 있었거든… 난 누워서 그 인형만 뚫어지게 보는 거야. 그 새끼가 내 위에서 무슨 지랄을 하든… 난 딴 세상에 가 있는 거지… 지금도 그 인형만 생각하면 가슴이 미치도록 아퍼."

나는 그 인형이 어떤 것인지 묻고 싶었지만 묻지 않았다. 아니 그럴 용기가 없었다. 말없이, 근처에 버려져 있던 고깃배에 걸터앉았다. 멀리서 잔잔한 파도 소리가 들려왔다.

"한아! 우리 여기서 할래?"

바닷바람이 새리의 머리카락을 흩어놓고 있었다. 모두가 어두워진 바닷가에서 그녀의 눈빛만이 빛나고 있었다. 그녀의 눈빛에 이끌려 나도 모르게 새리의 입에 내 입술을 맞추었고, 새리는 급하게 내 바지를 벗기기 시작했다.

다급하게 서두르는 새리를 달래며 나는 버려진 고깃배의 선실로 들어갔다. 비린내가 가시지는 않았지만 그런 대로 우리의 아늑

한 침실처럼 느껴졌다. 삐걱거리는 널빤지 위에 옷을 깔고 나는 천천히 새리의 속옷을 벗겼다. 바닷바람이 한차례 지나가자 새리의 작은 젖가슴이 파르르 떨렸다. 이쁘고 설익은 복숭아 같은 귀여운 가슴을 어루만지며 꼭 감고 있는 새리의 눈에 입마춤을 했다. 새리의 깊은 곳은 무척 뜨거웠다. 새리는 서툰 몸놀림으로 허우적거리는 나를 안심시키며 능숙하게 허리를 조여왔다. 새리의 입에서 뿜어져 나오는 단내가 쉴 새 없이 나의 온 몸을 휘감았다. 참을 수 없는 열기가 치솟아 오르며 내 안의 것이 모두 빠져나가 새리의 몸 속 깊숙히 폭발했다. 높은 절벽에서 끝도 없이 떨어지고 마는 아찔함을 느끼며 아득히 정신을 잃어갔다. 우리는 아무 말도 하지 않은 채로, 한참을 누워 있었다.

밤하늘에 총총히 박혀있던 무수한 별들이 모조리 나에게로 쏟아져 내리고 있었다.

선실 밖으로 나온 새리가 인형을 줏어 들며 얼굴을 내 어깨에 기대어 왔다.

난 새리를 포근하게 안아 주었다.

"그 새끼가 누군지 알아?"

"그 새끼라니?"

"내가 집을 나오기 전 매일 밤 내 방으로 들어와 나를 짓누르던 새끼"

"새리야…"

“왜 알고 싶지 않니?”

“그래, 지나간 일이잖니?”

“아냐! 얘기하고 싶어. 그리고 너에겐 꼭 말하고 싶어.”

새리는 입술을 꼭 깨물며 눈에 그렁그렁 맺히기 시작한 눈물을 훔쳤다.

“내 아버지였어!”

“뭐라구?”

나는 숨도 못 쉴 지경이었다.

“아니, 의붓아버지였지… 친아버지가 돌아가신 뒤 엄마와 재혼한 의붓아버지.”

새리는 떨구었던 고개를 다시 들며 악몽을 떨쳐 버리려는 듯 눈을 감았다.

“중학교 1학년 때였어. 내 침대 머리맡에는 큰 곰 인형이 있었지. 난 매일 밤 그것을 껴안고 잠을 잤어. 어느 날 잠을 자는 데 가위에 눌리는 것 같았어. 곰 인형이 나를 누른다고 생각하고 있었거든. 아! 개새끼.”

새리는 2년 가까이 의붓아버지에게 시달리면서도 내색을 하지 못했다고 했다. 입만 벙긋하면 죽여 버린다는 협박도 있었지만 그지없이 행복해하는 엄마의 얼굴을 보면 도저히 말을 할 수가 없었다고 했다. 그러나 새리가 도저히 더 참을 수가 없게 된 건, 그녀보다 다섯 살이나 많은 의붓오빠 때문이었다. 자기 아버지의 짐승

같은 행각을 눈치 챈 그 녀석도 새리를 괴롭히기 시작했다.

　"칼로 찔러 죽일 생각도 해 봤지만, 무서워서… 대신 식구들이
아무도 없는 틈을 타서 집에 불을 지르고 도망치고 말았지…. 결
국 경찰에 붙잡혔지만 정상 참작을 받았어. 소년원에 수감되는 대
신 보호 관찰을 받게 되었어… 두 짐승들은 교도소로 끌려갔지."
　"엄마는?"
　"지금 용인의 정신병원에 있어… 이 세상, 누구의 말도 믿지 않
게 됐어. 내가 가도 잘 알아 보지도 못해"
　끝내 새리는 울음을 터뜨리고 말았다.
　나는 참을 수가 없었다.
　"새리야, 죽을 때까지 내가 널 지켜 줄 게."
　새리는 울음을 멈추고 빤히 날 처다보았다.
　"그건 바보 같은 생각이야…"
　"아냐, 난 꼭 그럴 거야. 무슨 일이 있어도…"
　"한아, 나도 네가 참 좋아. 또 네가 날 동정해서 그런 결심을 한
것이 아니라는 것도 알아. 근데 말야, 난 너무 일찍 세상을 겪고
말았어. 내가 집을 나온 2년 동안 어떻게 살아 온 줄 아니?"
　"……"
　차마 그것까지 알고 싶은 생각은 없었다.
　"한아. 너와 난 말야, 우리가 가장 힘들고 외로울 때 서로를 위
로해 주고 사랑했었다는 사실만 중요해. 그렇지 않니?"

사실 새리의 말이 맞는 것 같기도 했다. 나같이 비겁하고 어린 녀석이 무슨 수로 새리를 지켜 줄 수 있단 말인가.

"난 절대 결혼 같은 건 하지 않을 생각이야. 애를 낳아서 그 애가 당할 고통을 생각하면 견딜 수 없어. 슬픔이나 외로움도 유전되는 것 같애… 영원히…"

내가 오토바이를 몰았고, 새리가 내 등에 의지하였다. 새리의 머리가 내 등에 닿는 순간 그녀의 인생이 내 가슴에 달려있다는 것이 새삼스럽게 느껴졌다.

서울로 돌아가는 길, 창이 모는 오토바이에 기름이 떨어졌다고 해서 우린 주유소를 찾았다. 이상하게 창은 많은 주유소를 그냥 스쳐 지나가더니 국도변의 산기슭에 숨듯 서 있는 고물딱지같은 곳에서 멈추었다. 주유기가 겨우 2대 뿐인, 간판의 페인트도 군데 군데 떨어져 나간 곳이었다. 오토바이 두 대가 들어서자 힙합차림에 귀걸이 코걸이까지 한 주유원 소녀가 달려 나왔다. 소녀는 대뜸 연료통 뚜껑을 열고 주유하기 시작했다.

"꽉 채워! 야! 너 이거 한달에 얼마 받냐?"

창이 놀리듯 물었고 란과 새리는 끼득거렸다. 새리는 어제밤의 슬픈 표정을 거두어 버리고 언제 그랬냐는 듯이 악동의 모습으로 돌아와 있었다. 놀림당한다는 사실을 파악한 소녀가 미간을 찌푸리면서 반격을 가해 왔다.

"왜 반말이에요?"

창이 실수했다는 듯 자세를 똑바로 하며 다시 물었다

"미안. 얼마 받아요?"

"그런 건 알아서 뭐해요?"

소녀는 퉁명스럽게 대답했다.

"생긴 것도 좆같고 성깔도 좆같다. 그치…"

창이 란을 보고 지껄였다.

"뭐라구요? 댁이 내 얼굴 자세히나 봤어? 자세히 봤냐구."

그리 만만한 소녀가 아니었다. 손님만 아니라면 당장에 소매를 걷어붙이고 대들 태세였다.

"미안해요. 이런 애 신경쓰지 마세요."

새리가 사과하면서 말리는 척하자 소녀가 연료통 뚜껑을 닫으면서 가격을 일러 주었다.

"만 천 원이요."

창은 카드를 내밀었다. 소녀가 기가 막히다는 표정을 지었고, 사실 나도 기가 막혔다. 소녀는 그 카드를 받지 않고 창의 얼굴을 바라보았다. 뻔하다는 표정이었다. 10대 소년이 오토바이를 몰고 신용카드를 내민다면 물어 보지 않아도 뻔할 뻔자였다.

"이런데서 무슨 신용카드? 이거 댁거 아니죠?"

"우리 아빠거에요. 믿지 못하겠거든 우리 집에 전화해 보면 될 거 아니에요. 아주 깨끗한 카드니까 어서 긁어요."

"그래도 그렇지 만 천 원어치를 사고 누가 카드를 내밀어요. 양심도 없이."

"현금이 없어서 그래. 싫으면 관두구."

창이 카드를 도로 거둘 태세를 취하자 어쩔 수 없는지 소녀는 카드를 받아서 안으로 들어가고 있었다. 나는 가슴이 조마조마했다. 조회기에 스쳐보면 틀림없이 분실카드라는 글자가 나올텐데… 그러나 창은 이미 대책을 세워 놓고 있었다. 창이 부르릉 출발했고, 나도 덩달아 출발했다.

"야! 야! 어디 가! 어디 가! 이 개새끼들아!"

소녀가 던진 빈깡통은 나뭇잎처럼 그녀의 발 앞에 떨어졌다.

같은 또래의 불쌍한 애를 괴롭히는 못된 짓이라는 생각은 들었지만 왠지 통쾌하기도 했다.

우린 국도를 한참 달리다가 읍내로 접어들었다. 소녀들이 학교로 등교하고 있었다. 교복을 깨끗하게 차려 입은 여학생들을 보면서 나는 망치로 뒷통수를 얻어 맞은 듯한 충격을 받았다. 여름방학이 끝나고 어느새 가을 학기가 시작되어 있었던 것이다.

우리들의 오토바이는 심술궂게 학생들의 무리 속을 헤집고 나갔다. 소녀들이 인상을 쓰면서 길을 비켜 주었다.

"야, 저 교복 좀 봐. 촌스럽지 않냐?"

란이 새리에게 한다는 소리가 겨우 이 정도였다. 그러나 나는 알고 있었다. 란은 교복을 부러워하고 있는 것이었다. 란의 말을 들으면서 나는 내가 학교하고는 영영 멀어진 존재일지도 모른다는, 학교로 돌아가기에는 이미 늦었을지도 모른다는 두려움이 몰려 들었다. 나는 수년 전에 학교를 그만둔 것 같은 마음으로 등교하는 아이들을 부럽게 바라보았다. 창은 전혀 부러워하는 기색이 아니었다. 녀석은 자신의 속내를 숨기고 있는 것이 틀림없었다.

"비켜! 이년들아, 씨. 좆같이들 생겨 가지고, 안 꺼져!"

교복을 역시 부러워하지 않을 수 없는 창이 심술을 부려 발까지 옆으로 뻗어 가며 길을 넓혀 나갔고, 학생들은 '뭐 저런 부랑당 같은 것들이 다 있어!' 하는 말을 뒤에서 했다.

"야, 왜 애들한테 행패를 부리고 그래! 입 다물고 조용히 좀 가!"

새리가 짜증스럽게 소리를 질러대면서 눈을 흘겼다. 우리는 한동안 말이 없었다. 교복과 학교는 우리에게 그만한 충격을 안겨 준 것이었다. 서로 말은 하지 않았지만 우린 정말로 교복을 입고 등교하는 모습을 모두의 가슴 속에 그리고 있던 것이 틀림없었다.

아니면 부모님이 차려준 밥을 먹고 아무 걱정없이 친구들과 낄낄거리며 살 수 있는 저들의 처지가 퍽이나 부러웠을 것이다.

슬그머니 집이 그리워진 난 아직도 집 생각을 떨치지 못하고 있는 내 자신에 무척 화가 났다.

학교에서 한 시간쯤 달리자 식당이 보였다. 어제 저녁에도 부실하게 식사를 했었던 우리는 시장기를 느꼈다. 우린 간만에 왕새우를 배터지게 먹자는데 동의했다. 나는 비싼 음식이라서 걱정이 되었지만 창, 새리, 란은 돈에 대해서 전혀 개의치 않는 표정들이었다. 그래서 나는 누군가 돈을 가지고 있겠거니 하고 짐작했다.

우린 순식간에 6인분을 먹어치우고 2인분을 추가로 주문했다.

"아주머니 이 새우 여기에서 잡은 거에요, 중국에서 수입한 거에요?"

창이 새우껍질을 입으로 쪽쪽 빨면서 물었다.

"중국에서 수입? 무슨 소리를 그 따위로 한담. 우리 집에서는 일절 여기 바다에서 잡히는 것만 팔어. 맛이 틀리잖아 맛이. 중국산은 냉동이라서 깊은 맛이 없어, 우리 물건은 씹으면 살이 살살 녹아."

주인 여자는 아이들의 손에서 새우껍질이 벗겨져 사방으로 튀는 것을 멍하니 쳐다보았다.

"아유, 웬 새우를 이렇게 많이 먹어?"

새우껍질을 손으로 집어서 쟁반에 올리던 주인여자가 반대편에도 새우껍질이 산더미같이 쌓인 것을 보고 입을 떡 벌렸다.

"이렇게 싱싱한 새우는 처음이거든요. 그리고 우리 집안에 새우 못 먹어서 죽은 귀신도 있구요."

창이 능청스럽게 둘러댔다. 주인여자는 낄낄거리고 웃으면서 물러갔다. 테이블에서 우리의 손을 거치지 않은 새우는 단 한 마리도 없었고, 우리들의 배는 터질 것 같았다. 이젠 돈을 낼 차례였다. 이 정도면 도대체 얼마를 지불해야 하는 것인가. 창이 주유소에서 훔친 카드를 내민 것을 상기하면서 나는 불안해하고 있었다.

란이 슬그머니 배낭에 강아지를 챙겨넣고 일어나 오토바이로 가자, 새리가 그 뒤를 따르다가 갑자기 뛰더니 거의 동시에 두 대의 오토바이에 시동을 걸었다. 나는 그제서야 상황을 간파할 수 있었다. 나는 자리에서 일어나 100미터 경주하듯 달려가 재빨리 새리의 오토바이에 올라탔다. 란은 이미 창의 오토바이 뒤에 앉아 있었다. 하지만 창의 오토바이는 엔진이 걸리지 않았다. 달려온 창이 안절부절하고 있는데 새리가 소리쳤다.

"란아! 너 여기 타라, 여기!"

란이 재빨리 이쪽 오토바이에 올라타자마자 나는 출발하고 말았다.

통통한 체격의 주인 아저씨가 몽동이를 들고 쫓아오고 있었지만 내가 운전하는 오토바이는 그가 추격하는 대상이 아니었다. 그 아저씨의 추격대상은 뛰어서 우리 뒤를 따라오는 창이었다.

"어? 이 새끼들 봐라. 느그들 거그 안서?"

주인은 생긴 것하고는 다르게 상당히 끈질긴 사람이었다. 그는 줄기차게 욕을 퍼부으면서 지독하게 쫓아왔다. 다행히 동네에 젊은이들이 없었기에 망정이지 그렇지 않았으면 모두들 잡히고 말았으리라. 착하게 생긴 아저씨는 무려 1킬로미터 정도 따라오다가 쌍욕을 터뜨리고는 눈을 까뒤집으며 땅에 주저 앉았다. 새리와 란은 재미있어 죽는다고 낄낄거렸지만 우리는 오토바이 한 대를 주고 왕새우를 먹은 셈이었다. 배터지게 먹고 1킬로미터를 뛴 창은 위가 빵꾸난 것 같다면서 꺽꺽거리며 먹은 새우를 다 토해냈다.

"아, 씨발, 밥 먹고 살기 좆나 힘드네…"

눈물을 찔끔거리며 구토를 하고 있는 창을 보자, 녀석의 건강에 이상이 있을 거라는 느낌이 들었다. 자주 토하는 걸루 봐선 심각한 상태임이 분명했다. 토하고 나서도 창은 한동안 몸을 가누지 못했다. 우린 다시 서울로 올라가기로 결정했다.

밤이 되자, 비가 추적추적 내리기 시작했다. 가을비였다. 밤이 되면서 상당히 추워졌다. 남자들은 괜찮은데, 여자들, 특히 낙태 수술을 받은 지 얼마되지 않은 란이 걱정이었다. 란은 이가 부딪칠 정도로 심하게 떨었다.

"아 그만 떨어! 너만 추운 거 아냐. 이년만 추운 척 하고 있어!"

창이 그런 란이 보기 안쓰러운지 투덜거리면서 자신의 셔츠를 벗어 입혀 주었다.

"냄새나. 좀 빨아서 입지…"

란이 미안해하면서 머리를 옷 속으로 들이밀었다.

"아까 좆나게 뛰어서 그러잖아. 입혀 주면 군소리 말고 입기나 해 이년아."

우린 비를 피할 곳을 찾았지만 그럴만한 곳은 쉽게 눈에 들어오지 않았다. 시외버스 정류장이 보였다. 비는 피할 수 있었지만 차가운 바람은 피할 수 없는 장소였다. 그러나 그보다는 더 적당한 장소가 보이질 않았다. 우리는 할 수 없이 비를 맞으면서 그쪽으로 걷다가 공중전화 부스 두 대가 서 있는 것을 발견했다. 우리는 생각이고 뭐고 할 여유도 없이 오토바이를 세워 놓고, 한곳에는 창이와 란, 다른 한곳에는 나와 새리가 들어갔다. 생각외로 따뜻했다. 나는 새리를 꼭 껴안고 잠들려 했지만 엉덩이와 등이 배겨 잠들었다가 깨고, 잠들었다가 깨고를 반복하고 있었다. 몇 시쯤 되었을까… 부스 앞에 자전거가 멈추더니 비옷을 걸친 중년의 아저씨가 내려 창과 란이 잠들어 있는 부스를 열고는 화들짝 놀라는 것이었다.

"아이구….웬 사람들이 여기서 잠을 자누…"

그 아저씨가 이번에는 우리 부스로 왔다. 문이 열리니까 천장의 전등에 불이 들어왔다. 나는 시린 눈으로 그를 올려다보았다. 그는 낙담하면서도 미안해하는 표정이었다.

"어? 내가 급한 일이 있는데…"

나는 새리를 흔들어 깨운 후 같이 밖으로 나가 남의 집 처마 밑에 앉아서 대강 비를 피하고 있었다. 무지하게 추웠다. 창과 란도 어느새 부스에서 기어나와 우리 곁에 앉았다. 란은 몹시 떨고 있었다. 낙태수술을 받은 후유증인 것 같았다. 다행히 엉덩이가 닿는 부분은 뽀송뽀송했다. 얼굴에 빗물이 들이치지 않는다면 그리 불편하지 않을 것 같지만, 불행하게도 빗물이 얼굴에 떨어지긴 했다. 나는 점퍼를 벗어 새리의 어깨를 덮어 주었다. 그때 난 하나밖에 남지 않은 새리의 오토바이마저 없어진 것을 발견했다. 모두들 낙담하고 말았다.

"에씨, 대체 어떤 새끼가 가져간 거야?"

"에휴, 그냥 놔 둬라. 씨팔. 나도 훔친 거였잖냐?"

창이 란의 옆구리를 찔렀다.

"야, 저 아저씨 전화 끝나고 나오면 담배 한 가치만 달라고 그래라."

"시, 시골에서 어른한테 그러다가 얻어맞으면 어떻게 해. 저 아저씨 봐. 보통 사람 아니야. 용호같이 생기지 않았어?"

"됐어! 우린 어차피 쓰레기인데 뭘…"

"꼭 그런 건 나만 시켜!"

"병신같은 년아, 그런 말도 못하니?"

아저씨가 밖으로 나와 자전거에 오르기 전 우리들을 내려다보았다. 그 냉랭하고 무서운 얼굴에 어떻게 여자 아이가 담배를 달라고 할 수 있을까. 난 란이 도저히 그런 말을 할 수 없으리라 생각했다.

"아저씨, 담배 한 가치만 주시믄 안돼요?"

란이 말했다. 아저씨는 비참한 모습으로 쭈그리고 앉은 우리를 한참이나 측은하게 내려다보다가 주머니에 손을 넣고 담배갑을 꺼내었다.

"이거 두 개피 뿐이네?"

"감사합니다."

란이 담배를 받아서 나와 창이에게 주었다. 새리가 가볍게 기침했다. 아저씨가 우리들을 한참 내려다보더니 다시 주머니에서 지폐를 꺼내었다.

"어, 이거 두 장인데… 자."

란은 얼떨결에 그것을 받았다.

"고맙습니다."

란은 거지새끼처럼 말했다. 아저씨는 우비 모자를 추스려쓰고 자전거를 타고 사라졌다. 란이 벌떡 일어나 그 사람 뒤에다 대고 큰 소리를 질러 댔다.

"고맙습니다."

나는 내가 거지같다는 느낌이 들면서도 웃음이 나왔다. 새리와 란도 같은 생각인지 킥킥거렸다.

"저 아저씨는 천사야, 천사. 우리들이 불쌍하니까 하느님이 보내 주신 천사."

란이 지껄였다.

"골빈 년아… 교회는 한번도 가지 않는 것이 천사래요, 천사. 무슨 천사가 저렇게 무섭게 생겼냐. 모르긴 몰라도 저 새끼도 아마 깡패새끼일 것이다. 용호처럼."

"고마운 사람한테 그런 소리 하지마. 저 아저씨 아니었으면 우리는 정말 거지나 마찬가지지 뭐."

창은 그 지폐가 천 원짜리인지 만 원짜리인지를 확인하기 위해 공중전화 부스문을 열었다 닫았다. 우리는 든든했다. 만 원짜리 두 장이면 기차를 타고 서울로 올라갈 수 있기 때문이었다.

아침이 될 때까지 전화부스를 여는 사람은 없었다. 엉덩이와 등도 이젠 단련이 되었는지 배기지 않았다. 난 새리를 껴안고 깊은 잠을 잘 수 있었다. 아주 좋은 잠이었다.

9

원래 그 자리

미친 놈 놀고 자빠졌네.
너희들이 학교에서 공부하는 것이 싫다고
몸을 비비 꼬고 있을 때 나는 학교에 있는 것이
얼마나 행복했었는지 알어?
씨발 놈아… 나는 학교에 있을 때에만
아버지란 인간에게 얻어터지질 않았어.

기차를 타고, 지하철을 탔던 우리는 더러운 물이 흐르는 하천 둑방에서 지칠대로 지쳐 있었다. 보증금을 까먹어 방이 없어진 새리, 직장을 오랫동안 비운 창과 란… 어디로 가야 하는 것인지… 의기양양하게 새로운 삶을 찾아 떠났지만 암담한 현실은 그대로 남아 있었다. 우리가 비켜갈 수 있는 것은 아무 것도 없었다.

나는 강둑을 걷다가 미끌어졌다. 다행히 다치지는 않은 것 같았다. 손바닥이 까졌을 뿐이었다.

"괜찮어? 응?"

새리가 얼굴을 내게 대면서 물었다.

"어, 괜찮어…"

우린 강둑을 걸어서 석양를 향해 다가가고 있었다.

“이제, 어떡하지?”

“… 나야, 뭐…”

창이 말을 흐리자 란이 그 말을 받아서 이었다.

“창이와 난 다시 일 나가면 돼. 너네는?”

대책이 없는 나와 새리였다. 우린 꿀먹은 벙어리처럼 가만히 있었다. 새리의 눈가에 물기가 고이는 것 같았지만 그녀가 머리를 다른 곳으로 돌리는 바람에 확인할 수는 없었다.

“새꺄! 넌 집에 들어가 임마.”

창이 욕을 하면서 내 어깨를 주먹으로 쳤다.

“아빠가 교수인데 넌 왜 나와 지랄이야… 씨발 놈… 우리한테 시위하는 것도 아니고.”

나는 새리의 얼굴을 바라보았지만, 새리는 여전히 나에게 고개를 돌리지 않고 있었다. 그녀의 뒷모습은 슬퍼보였다.

“한아… 넌 참 좋겠다…”

란이 부럽다는 시선으로 나를 바라보았지만 나는 내 가정의 실상을 모르는 그녀가 답답했다.

“난 안 가… 절대로…”

나는 새리를 떠날 수 없었다.

“미친 놈 놀고 자빠졌네. 너희들이 학교에서 공부하는 것이 싫다고 몸을 비비 꼬고 있을 때 나는 학교에 있는 것이 얼마나 행복했었는지 알어? 씨발 놈아… 나는 학교에 있을 때에만 아버지란 인간에게 얻어터지질 않았어. 학교에서 선생님들과 아이들의 괄

시를 받고 있는 것이 더 좋았단 말이야… 개소리하지 말고 돌아
가… 팍 밟아 죽이기 전에…"

창은 몹시 화가 나 있었다.

결국 돌아갈 수밖에 없다는 결론이었다.

나는 창과 란을 먼저 보냈다. 우린 손을 잡고 걸었다. 굴다리
계단에서 내가 먼저 입을 열었다.

"이번만큼은 내 말 좀 들어 줄래, 어?"

"…"

새리는 고개를 푹 수그리고 대답하지 않았다. 그녀는 이 세상
에 혼자인 것처럼 입을 꼭 다물고 말하지 않았다. 아주 조금 남아
있는 햇살이 그녀의 작은 입술을 노랗게 물들이고 있었다. 나는
그녀의 입술에 내 입술을 갖다대었다. 그녀는 내 입술을 받았고,
우린 오랫동안 서로의 혀와 마음을 더듬었다. 내가 입술을 떼었을
때 그녀가 말했다.

"맛있다."

나는 웃으면서 그녀의 겨드랑이를 간질러 주었다.

그다지 용기를 필요로 하는 일은 아니었다. 아마도 나는 오래
전부터 용기를 내기 위한 연습을 해 왔는지도 모른다.

새리의 손을 잡고 집에 들어섰을 때, 새엄마의 날카로운 시선
은 더 이상 나에게 두려움이 되지 못했다. 새엄마는 쫓아낸 미친

놈이 돌아온 것 같은 표정을 지었다.

아니 나의 당당함에 새엄마는 어쩌면 겁을 집어먹었을지도 모른다.

"얘는 누구니?"

새엄마는 새리의 아래위를 훑으면서 물었다. 새리는 조금은 주눅든 얼굴이었다.

"그냥 친구요. 오늘부터 내 방에서 같이 살려구요."

"..."

새엄마는 입을 벌리고 말을 하지 못했다. 안방에 들어가더니 전화하는 말소리가 희미하게 들렸다.

아버지를 향한 불평이었다.

간혹 '못살아!' 하는 소리가 들렸다. 나는 '못 산다면 꺼지면 그만 아냐' 하고 중얼거렸다.

새엄마가 방에서 나와 우리가 식탁에 앉아 있는 것을 보았다. 밥을 차려 달라는 무언의 시위였다.

오늘도 밥그릇과 국그릇을 던지다시피 내려놓는다면 나는 식탁을 뒤집어엎을 참이었다. 가만히 생각해 보면 내가 새엄마의 눈치를 볼 필요가 없었다.

나는 그녀가 우리 집에 오기 전부터 우리 집에 있어 왔다. 그런 내가 그녀의 눈치를 보며 살았다는 것이 한심했다. 왜 내가 갑자기 이렇게 용감해진 것일까.

"너희들 배고프니? 방에 들어가 있어. 내가 금방 해 줄게. 그리

고 친구라는 여자애야… 너 뭘 좋아하니? 오징어 볶음 좋아하
니?"

새리는 그런 질문을 받는 것이 황공하다는 듯 얌전하게 고개를
내리깔았다.

"다 잘 먹어요… 아무거나…"

새엄마는 반찬거리를 사러 슈퍼로 간다면서 나가더니 금방 헐
떡거리며 돌아왔다. 물론 손에는 장 본 비닐봉지가 들려 있었지만
도중에 내가 또 물건을 집어 들고 도망갈지도 모른다는 생각이 들
었을 것이다.

나는 웃음이 나오려는 것을 억지로 참았다. 가재눈만 뜰 줄 알
았지 저렇게 형편없이 약한 여자에게 나는 병신처럼 저자세를 취
했던 것이었다. 내가 창이었다면 새엄마가 오히려 내 눈치를 보았
을 것이다.

나는 새리와 밥을 먹고 있었다. 초인종이 울렸고, 문이 열리더
니 아버지의 음성이 들렸다.

"아니, 뭔데 바쁜 사람 자꾸 오라가라 그러는 거야? 저녁에도
강의가 하나 있는데…"

"당신 아들이 들어오긴 했는데, 여자앨 하나 달구 왔어요."

지원군이 왔다고 판단한 새엄마의 목소리가 칼처럼 날카로웠
다.

"근데?"

아버지는 대수롭지 않게 반문했다.

"같이 살겠대요, 여기 자기 방에서."

아무리 마음이 넓은 척, 불량스런 자식를 이해하는 척 하는 아버지라지만 충격이 아닐 수 없을 것이다.

난 속으로 고소하게 생각하면서 아버지의 분노를 기다리고 있었다.

"아니, 그게 뭐 대단한 일이라구, 참…"

나는 기가 막혔다. 새엄마는 까무러치기 직전이었다. 김치조각을 입에 넣던 새리는 무슨 아버지가 저런가 하는 표정을 숨기지 않았다. 아버지가 부엌으로 들어서자 새리가 일어나 꾸벅 인사하고는 다시 손바닥을 부볐다.

"됐어, 됐어. 앉어서 먹어."

아버지는 이 세상에 자신처럼 마음이 넓은 사람은 없다는 듯, 새리의 어깨를 두드리면서 자리에 앉혔다. 엄마와 헤어지기 전의 아버지는 나의 모든 것을 받아 주는 아버지가 아니었다.

나의 모든 것을 받아 주기 시작한 것은 새엄마와 결혼하겠다는 말을 꺼낸 이후였었다. 난 아버지가 결코 인자하거나 너그럽지 않다는 것을 잘 알고 있었다.

나의 엄마에게 너그럽지 않은 사람이 어찌 나에게 인자할 수 있단 말인가.

아버지는 담배를 빼어물고는 나를 쳐다보았다. 식탁에서 담배를 빼어문다는 것은 표정과는 상관없이 속이 불편하다는 암시였다. 아버지는 내가 그런 심리를 이미 간파하고 있음을 알지 못하고 있었다.

"피울래? 피워."

아버지는 가출했던 내가 담배를 무진장 좋아하게 되었으리라 착각하고 있는 것 같았다.

그래서 아버지의 예상대로 되어가고 있다는 것을 보여 주기 위해 담배를 받기로 했다.

"네…"

아버지가 내 입에 물린 담배에 불을 붙여 주었다. 새엄마의 두 눈은 더욱 커졌다. 아버지가 이번에는 새리를 쳐다보았다.

"너두?"

"아뇨, 됐어요."

새리는 손을 내저으며 사양했다. 하지만 아버지는 고집을 꺾지 않았다.

"피워라, 괜찮아, 피워. 나는 중학교 3학년 때부터 피웠는 걸."

결국 새리는 황송하게 담배를 받았다. 아버지는 진작에 돌았지만 나는 내 머리도 이미 돌아버린 것 같았다. 지금 우리집에서 정상적인 사람은 새엄마 뿐이었다.

"놀구들 있네, 증말."

새엄마는 아버지가 새리에게 불을 붙여주는 것을 보고 탄식을 하면서 물러났다. 너희들끼리 잘 해 보라는 듯이.

아버지와 새엄마가 걱정스런 얼굴로 안방으로 들어가고 나서야 새리는 목욕을 할 수 있었다. 오래간만의 목욕이었다.

나도 열흘 만에 샤워를 했다. 얼마 만에 집에서 자는 잠인가. 더군다나 내 곁에는 사랑하는 새리가 있었다. 새리 때문에 새엄마 앞에서도 당당할 수 있었다. 그런 점에서 가출은 대성공이었다.

나는 혼자가 아닌 둘이서 적막감이 감돌던 이 방을 생명으로 넘치게 할 것이다. 그런데 만일 친구녀석들이 내가 새리와 동거생활을 하고 있다는 것을 알게 되면… 모두들 경악을 금치 못할 것이다. 나처럼 뒤척거리던 새리가 침대에서 일어나 베란다로 나갔다. 바람이 들이쳤지만 춥지는 않았다.

새리는 먼 곳을 보고 있었다. 어디를 보고 있는 것일까. 언제쯤 나는 새리가 보는 저 곳을 같이 볼 수 있을까. 새리는 오랫동안 어두운 바깥을 바라보고 있었다. 그녀의 머리카락이 휘날리는 것을 보면서 나는 밖으로 나가 그녀를 데리고 들어오고 싶었다.

그러나 그럴 수 없었다. 새리의 어깨가 조금씩 들썩거리고 있었기 때문이었다.

창이한테서 전화가 왔다.

나는 새리와 함께 지하철 통로에서 그를 만났다. 며칠 사이에 또 문제가 생긴 것이었다. 그러고보니 우리에게는 문제가 생기지 않은 날이 거의 없었던 것 같았다. 하지만 이번에는 창의 표정이 몹시 심각했다.

"그 새끼들이 잡혀가서는 나한테 전부 덤탱이를 씌웠나 봐."

여자아이들과 미팅이나 하자고 해 놓고선, 만나선 옷을 벗지 않으면 죽인다고 위협한 짓이 이렇게 엄청난 결과를 불러 올 줄 몰랐다고 울상이었다.

"나는 주선만 해 주고 빠졌다니까… 난 정말 이번에는 개입하지 않았어… 그런데 잡혀 간 자식중에 형사과 계장 아들이 있잖아. 그 애비놈이 자기 자식 빼내려고 나를 붙들고 늘어지는 것 같애."

창은 울분을 토했지만 그로서는 강간죄에서 벗어나기 힘들게 되어 있었다. 강간죄라면 적어도 몇 년은 꼼짝없이 감방에서 썩어야 할 것이다. 그 감방이란 곳은 또 얼마나 답답한 곳인가.

"그래서 형사가 왔었대?"

"란이가 만났대… 특수… 강간이래."

녀석은 새리의 눈치를 보았고, 새리는 그럴 줄 알았다는 듯 한숨을 내쉬고 있었다. 새리도 창의 일행으로부터 그런 일을 당할 뻔하지 않았던가. 물론 나는 그일로 새리를 만날 수 있었지만.

"그래서 어떻게 할건데?"

새리가 물었다.

"지방으루 튀어야지, 뭐. 깜빵엔 죽어도 안 가."

"란이는?"

"… 지가 따라온다면 뭐…"

이제 우리 4총사가 뿔뿔히 흩어질 때가 가까이 오고 있음을 직감할 수 있었다. 훔친 오토바이를 타고 분에 넘치는 여행을 했기 때문에 그 벌을 받는 것일까..

전동차가 지축을 울리면서 지나가고 있었고, 우린 흔들리는 터
널 아래에서 불안하기만 한 앞날을 걱정하고 있었다.

고민을 하고 대책을 꾸며도 별다른 해결책이 있을 수 없는 우
리는 일단 란의 셋방으로 향했다. 란과 앞일을 의논하고 싶었기
때문이었다.

경찰이 혹시 잠복하고 있을지 몰라 창은 도중에 단골이 아닌
다른 PC방에서 시간을 보내기로 했다. 역시 평소와는 달랐다. 란
의 셋방 앞에는 많은 사람들이 모여서 그 안에서 벌어지는 일을
구경하고 있었다.

"너 찾느라구 이년아, 여길 열 번두 더 왔어, 이년아."

남자의 성난 목소리였다. 사람을 밀치고 안으로 들어가자 웬
남자가 란의 머리카락을 틀어쥐고 투박한 손으로 뺨을 때리고 있
었고, 란은 고양이 앞의 쥐처럼 바들바들 떨고 있었다.

불쌍했다.

란이 하도 얻어맞자 그녀의 어머니로 보이는 부인이 아버지의
손을 떼내려 안간힘을 다하고 있었다.

"됐어요… 됐어… 찾았으면 됐어요. 자 이제 집에 가서 합시
다."

하지만 아버지는 그만두지 않았다. 사람들이 보는 앞에서 그는
딸을 잡을 생각인지 손에 잡히는 대로 빗자루며, 세수대야며, 빨

래방망이를 잡아서 딸을 두들겨팼다.

"비켜, 비켜. 이년아! 이 양갈보 같은 년아, 이게 꼴이, 어린 년이, 이게.. 이게 뭐여, 이년아."

아버지는 은색가발을 뜯어내서는 발로 짓밟고, 손등으로 란의 콧등을 때렸다. 란은 울면서 이리 피하고 저리 피하면서 두 손을 모아 빌고 있었다. 난 란을 안 지 얼마 되지는 않았지만 그녀가 그렇게 심하게 우는 것을 본 적이 없었다.

바보같은 내가 나도 몰래 앞으로 나서고 말았다. 나는 란과 아버지 사이를 막고 섰다. 이 바닥에서 경험이 많은 것처럼.

"그만 하세요. 어르신. 그만 하세요."

"넌 뭐야?"

나는 내가 생각보다는 몸이 약하다는 것을 실감했다. 란의 아버지가 가볍게 밀쳤는데도 나는 저 멀리로 나가 떨어졌다.

"비켜! 이게 어디서 갈보짓을 하구… 야, 이년아, 이년아."

란의 아버지는 빗자루를 들어 란의 머리를 내려치고 있었고, 란은 기진맥진 더 이상 도망가지 못하고 그 매를 고스란히 맞고 있었다.

어떤 나라 같았으면 아버지란 저 인간은 지금쯤 수갑에 채워져 경찰차에 실리고 있을텐데… 머리가 터지도록 아버지에게 매를 맞으면서도 구원의 손길을 기대할 수 없는 란이가 불쌍했다.

바보같은 아이…

"어이구 이년아! 너랑 나랑 한 구덩이에 빠져 죽자, 죽어! 응!"

란의 어머니가 란의 깨진 머리를 쥐어박으며 한탄했다. 그 사이 란의 아버지는 주변의 여자애들을 빗자루로 쿡쿡 찔러댔다.

"이 쌍년들아. 니년들이 여기서 술을 팔든 보지를 팔든 니년들 꼴리는대로 해. 하긴 하는데, 앞으루 우리 란이한테 연락하는 년 있으면 내가 그냥 보지를 확 찢어 놀꺼야, 알았어?"

그 사이 란의 동생으로 보이는 소녀가 란의 팔을 잡아일으켰다.

"쪽팔려, 가자아."

하지만 아버지는 동생의 부축을 받으며 걸어가려는 란을 그냥 내버려두지 않았다. 쫓아가 란의 머리카락을 틀어쥐고 머리를 한 바퀴 돌려 버렸다. 란은 더 이상 비명 지를 힘도 없는지 아… 하는 단말마를 내뱉을 뿐이었다.

"그래두 정신을 못차리구 도망을 가? 이년아, 이년아. 너 오늘 죽어 봐라…"

인간이 저렇게 집요하게 다른 인간을 괴롭힐 수 있을까.

누군가가 나타났다. 나와 새리의 입에서는 동시에 탄식이 다시 흘러나왔다. 창이었다. 창은 이곳에 나타나서는 안 될 도망자였다. 그가 란이 걱정이 되어 나타난 것이었다. 창은 분노로 머리를 심하게 떨었다. 다짜고짜로 란의 아버지의 멱살을 잡고 나서는 그의 손도 심하게 떨렸다. 그는 어금니를 악물고 토혈하듯 소리를 질렀다.

"아, 씨발. 왜 애는 패구 지랄이야…."

“어쭈? 이런 대가리에 피두 안 마른 새끼가… 야, 이새끼야, 나
애 애비다, 왜?”

아버지는 란이 자기 자식이란 사실을 자랑스럽게 말했고 창은
란의 아버지를 벽에 밀어부치면서 발광하듯 따졌다.

“야, 이새끼야. 니가 애비면 애비지 애는 왜 패냐구?”

란의 아버지는 기가 막힌지 헛웃음을 흘렸다.

“하, 이새끼 봐라. 너 우리 란이 알어?”

“안다, 왜?”

“이런 에미애비두 없는 후레자식 같으니라구.”

“이런, 개새꺄. 그래, 난 너같은 애비애미 필요없다, 왜!”

창의 눈빛이 달랐다. 전혀 달랐다. 요즘 들어서 달라진 녀석의
눈빛은 지금 더욱 이상해져 있었다. 란의 아버지가 순간 겁을 집
어먹은 것이 역력했다.

“어? 이거… 안 놔? 너 이 새끼 몇 살이야!”

“열 일곱이다, 왜! 씹새끼야, 낫살 처먹었으면 나이값을 해, 이
개새꺄. 어디 좀만한게… 진짜…”

“아… 나참… 여기 누가 경찰 좀 불러 줘, 경찰, 아휴…”

“그러잖아두 저기 오네.”

누군가의 말에 나는 모골이 송연해졌고, 창은 란의 아버지의
멱살을 풀고 인파를 헤집고 도망쳤다. 순간 란의 아버지는 백만
원군을 얻은 것처럼 기고만장해져 있었다.

“아, 뭐해? 저새끼 저기 도망가잖아! 뭐해! 빨리 잡아야지!

어?"

나는 헉헉거리면서 외쳤다.

"도망가! 빨리! 뛰어 가, 빨리!"

하지만 내 말을 듣지 않는 녀석이었다.

맞은 편에서 경찰차가 다가오더니 섰다. 경찰관 두 명이 내렸다.

"도망가! 병신아 도망가!"

내 말은 입 안에서만 맴돌았다.

경찰관은 그 많은 젊은이들 중에서 용케도, 갑자기 시치미를 떼고 천천히 걷는 척 하는 창을 붙들었다.

"잠시 검문이 있겠습니다. 신분증 좀 봅시다."

"왜요?"

"협조좀 해 주십시요. 신분증 좀 보여 주세요."

"없어요."

사실이었다. 창에게는 신분증이 없었다.

창은 경찰관을 뿌리치고 옆으로 도망가려 했지만 경찰관은 놓아 주지 않았다. 창의 팔을 잡은 경찰관의 손에 더욱 힘이 들어가는 것이 보였다. 그의 왼손은 허리춤의 가스총에 가 있었다.

"아, 그러지 마시구요, 보여 주세요."

창은 절망으로 얼굴이 일그러져 있었다. 그에게는 이미 탈출구가 없는 것이다. 하지만 창은 본능적으로 다시 경찰관의 팔을 뿌리쳤다.

“아, 없다구요.”

경찰관이 이번에는 창의 허리춤을 잡고 늘어졌다.

“아, 협조좀 해주세요.”

“아, 없다구! 왜 이래!”

“아, 그러지 말구 좀 줘 봐!”

“아, 씨발. 요새 신분증 들구 다니는 새끼가 어딨어!”

창이 죽을 힘을 다해 경찰관을 밀치고 취한 것처럼 비틀거리며 도망을 가고 있었다.

“도망가! 창이야…”

다른 경찰관들이 모여들면서 퇴로를 차단하고 있었다.

“저새끼 잡어!”

앞과 뒤에서 들리는 소리였다.

“도망가, 이 병신 새끼야!”

나는 내 목소리를 비로소 들을 수 있었다.

“도망가… 도망가… 창이야…”

창이가 내 말을 들었는지 나를 힐끗 돌아보고는 뛰다가 구멍가게 앞의 테이블에 부딪치면서 넘어지고 말았다.

“도망가!”

뒤쫓던 경찰관이 결국 창이를 잡고 말았다. 하지만 창이는 나를 구해 준 녀석답게 쉽게 포기하지 않았다. 경찰관의 얼굴을 밀어 모자를 떨어뜨렸다.

비틀거리며 도망가는 창이를 앞에서 가로막고 있던 다른 경찰관이 가스총을 꺼내 창이의 얼굴에 쏘았다.

외마디 비명과 함께 창은 몇 발자국 더 옮기더니 두 손으로 얼굴을 가리면서 쓰러지고 말았다. 내 가슴이 무너져 내리고 있었다.

"아유, 씨팔놈. 어으, 씨팔놈. 좆만한 새끼가."

경찰관이 가스총을 허리 홀스터에 집어넣으면서 투덜거렸다. 처음부터 뒤를 쫓았던 경찰관이 다가와 창의 손에 수갑을 채워 경찰차로 끌고 가고 있었다.

"왜 데려가는 거에요?"

새리가 따라와 있었다. 나는 버림받은 아이만이 버림받은 아이를 애처러워한다는 것을 깨달았다.

"하, 쥐 씨알만한 새끼가…"

버림받은 아이는 쉽게 포기하지 않았다.

"아니, 얘가 무슨 잘못을 했다 그래요!"

경찰관이 악을 써대는 새리를 돌아보고 주춤하는 사이, 창이 수갑을 찬 채로 경찰관을 밀쳐내고 뛰기 시작했다.

나는 속으로 역시, 짱이다. 창! 하고 환호하고 있었다.

그러나 가스총을 얼굴에 맞은 창은 길가의 입간판에 부딪쳐 쓰러졌다가 다시 몸을 일으켰다.

"야, 이 씨발 놈아, 거기 서! 안 서?"

창은 차들이 쌩쌩거리며 지나가는 도로를 비틀거리며 건넜다.

"야, 씨발 놈 거기 안 서?"

"야, 거기 서 개새끼야!"

창은 추적해 오는 경찰관들을 향해 수갑찬 손을 흔들면서 울부짖었다.

"아, 씹새끼들아, 내비둬! 나를 가만 내버려 달란 말이야…"

창은 점점 더 속도를 내기 시작했다. 눈에 뿌려졌던 가스가 어느 정도 그 효력을 상실한 것이 틀림없었다.

"쿵!"

갑자기 창이 고가도로 콘크리트 기둥에 정면으로 부딪치고는 그 충격에 뒤로 팅겨나가 떨어졌다. 이제 창이 다시 일어나 달리는 기적은 기대할 수 없었다.

경찰관은 느긋하게 다가와 창을 일으켰다.

창의 코와 입에서 피가 주르르 흘러 내렸다. 창은 수갑찬 손가락을 입에 넣어 피를 묻힌 다음 경찰관들을 향해 '퍽유(Fuck You)'를 날렸다.

경찰관은 그의 머리를 옆구리에 끼고 끌고 갈 참이었다. 창은 죽는 순간까지 반항할 놈이었다.

"놔 봐, 놔, 잠깐 놔 봐아."

"어휴, 이 쥐방울만한 새끼."

"놔, 놔 봐. 머리 망가져어!"

나는 경찰차에 태워지는 창이의 얼굴을 보았다.

그의 얼굴을 적신 붉은 피가 그의 앞날을 말해 주고 있는 것 같았다.

“얘가 무슨 잘못을 했다구 데려가는 거에요! 아, 진짜.”

새리는 발을 동동 굴렀다.

내가 새리의 어깨를 감쌌을 때 창이를 태운 경찰차는 경광등을 반짝이면서 멀어져 갔다.

나는 길을 건너는 새리의 뒤를 따랐다. 우린 말없이 강둑에 서 있었다.

먼저 입을 연 쪽은 새리였다.

“창이는 우리를 위해 그렇게 저항했었을 거야.”

나는 그녀의 말이 옳다고 생각했다. 녀석은 나, 새리, 그리고 란을 위해 그렇게 저항한 것이었다. 그가 맥없이 잡혀갔다면 나는 아마 더욱 절망하고 있을 것이다.

“한아… 우리 그만 찢어지자.”

난 그녀가 언젠가는 이런 말을 하리라 짐작하고 있었다. 하지만 느닷없는 말이었다.

“…”

나는 그녀를 만류할 수 없다는 것도 잘 알고 있었다. 우리 집에 들어온 첫날부터 그녀는 견뎌 내질 못했다. 내색하려 하진 않았지만 그녀에게 어울리는 곳이 아니라는 건 나도 금방 알 수 있었다.

“새리야 나와 같이 살자… 같이…”

새리가 힘없이 고개를 흔들었다.

“잘가 한아… 난 너를 사랑해… 집에 들어가 아빠 엄마 말하는 대로 한번 좆나게 공부해서 이 세상 뜯어지게 잘 살아 보는거야…
나처럼 한물간 계집년 따라다니지 말고…"

난 새리의 어깨를 붙들고 흔들었다.

"그럴 수 없어… 난 절대로 너를 놓칠 수 없어. 절대로 안 돼."

새리가 웃었다. 하지만 눈물은 숨기지 못했다.

"한아… 너 공부 열심히 해서 대학 들어가면 나를 찾아 주라…
니가 정말로 나를 사랑한다면 그럴 수 있지 않겠어? 지금 붙어 있
다가는 우리 둘다 인생을 종치고 말 거야… 부탁이야… 제발… 집
에 돌아가… 이 쓰레기를 좋아한다면… 그렇게 해… 공부해줘..
나를 사랑한다면…"

나는 새리의 눈물을 닦아 주었고, 새리는 내 눈물을 닦아주었
다.

"알았어… 열심히 공부할 거야… 어디로 갈 건데?"

"걱정하지 마. 시골 친척집에 가서 일해 주면서 공부할 거야.
내년에 검정고시를 볼 거야."

"시골 친척집, 누군데?"

"아, 그런 인간 있어. 니가 그 인간 알아서 뭘 해."

나는 고개를 끄덕여주었다.

"그럼 연락해… 그렇지 않으면 나 불안해서 살 수 없어."

"자리가 잡히는 대로… 어서 가… 한이야."

"니가 먼저."

"아니 니가 먼저 가. 네가 걸어가는 모습이 보고 싶어서…"

나는 새리의 입에 입을 맞추고 몸을 돌렸다.

"새리야 꼭 소식 전해 줘야 해… 건강하고…"

내가 그 말을 하기 위해 고개를 돌렸을 때 새리는 벌써 저 멀리 뛰어가고 있었다.

10

그리고 눈물

Would you know my name if I saw you in heaven?

Would it be the same if I saw you in heaven?

I must be strong and carry on,

'Cause I know I don't belong here in heaven.

...

아버지와 새엄마는 나의 가출 사건에 대해서는 입
도 뻥긋하지 않았다.

새엄마가 나에게 갑자기 친절하게 대하거나 관심을 가져 준 것
은 아니었지만 확실히 가출 전보다는 태도가 부드러워진 것은 사
실이었다.

아버지는 새리가 보이지 않자 다른 학교로의 전학을 종용했다.
내가 가출한 녀석이라고 손가락질을 받을까 봐 전학을 원하기도
했겠지만 그 학교에서 손상된 아버지의 체면 때문이기도 했다.

난 예전의 내 모습처럼 고분고분 아버지의 결정을 따랐고, 대
학을 갈 수 있을지는 모르지만 일단 열심히 공부를 하기로 작정했
다.

대구에 사는 친엄마가 한 달에 한 번씩은 나를 만나러 서울을

오기로 한 것도 좋은 일 중의 하나였다.

"뭐 가지고 싶은 거 없니? 말만 해. 컴퓨터 새로 사줄까?"

아버지는 새리가 집으로 들어오지 않는다면 자동차라도 사줄 것 같은 기세였다.

"오토바이를 사주세요? 스즈키로요."

"오토바이? 그거 위험한데… 그거 타는 사람치고 한두 번 사고 내지 않은 사람 없다고 하던데."

"천천히 다니면 돼요. 자전거 타는 식으로 타면 사고 안 나요. 우리 반 아이들 다 그렇게 해요."

아버지는 더 이상 물어 보지 않고 오토바이를 사주었다.

눈치를 보아하건데 새리라는 계집애가 우리 집으로 들어올 것 같지는 않아서, 안심은 되지만 그렇다고 '그애 우리 집에서 안 살게 되는거니?' 라는 말을 하지 못하는 아버지와 새엄마였다.

긁어 부스럼을 만들지 않겠다는 어른들의 작전이었고 조심성이었다.

나는 학교를 갔다오면 일단 공부를 서너 시간 정도 하고 저녁 8시경에 오토바이를 몰고 서울 변두리를 돌아다녔다.

뒷자리에 새리가 타고 있다고 상상하면 오토바이를 타는 것이 재미있고 또 흥분이 되었다.

"새리야 소식 전해 줘…."

새리는 내게 연락을 하지 않고 있었다.

그녀는 어디서 무엇을 하고 있을까… 그녀가 보고 싶어 미칠 것 같았다.

새리가 새벽에 홀로 서 있던 내 방 베란다에 서서 그녀가 바라본 쪽을 향해 몇 시간씩 서 있기도 했다.

나는 서쪽으로 지는 해를 바라보면서 에릭 크랩톤의 노래를 중얼거리곤 했다.

Would you know my name if I saw you in heaven?

Would it be the same if I saw you in heaven?

I must be strong and carry on,

'Cause I know I don't belong here in heaven.

…

내일이면 겨울방학이었다.

학교를 갔다오니 한통의 편지가 도착해 있었다.

초등학교 2, 3학년생이 썼다고 해도 믿어질 만한 졸필을 가만히 들여다보니 창의 것이었다.

한번도 면회를 가지 못했었는데… 미성년자도 면회를 신청할 수 있는지 알 수 없었지만 나는 녀석을 찾아가지 않은 것이 미안스러웠다. 아니 그럴 생각을 감히 해 보지 않았던 것이었다.

보고 싶은 한!

잘 있었냐? 이 형님은 목공일을 배우면서 여기서 잘 지내고 계시

다. 나가면 니 책꽂이 만들어 줄게. 여기는 지낼만 해. 무엇보다 기
술을 배울 수 있다는 점이 좋아. 내가 그냥 사회에 있었다면 예전
처럼 허송세월만 하고 있겠지. 그리고 말야…

녀석의 말투가 아니었다.

검열 때문에 상당히 점잖게 쓴 문장이었다.

편지에는 란을 걱정하는 내용으로 가득 들어차 있었다. 그녀에
게 못되게 굴었던 것을 후회하고 있는데, 출감하면 결혼하여 다정
다감한 남편이 될 것이라는 내용도 적혀 있었다.

"호적에 잉크도 안 마른 자식이… 이젠 철이 들었군."

나는 피식 웃었다.

오랫동안 보지 못한 친구들이 보고 싶었다.

새리는 시골의 친척집에 가 있을 것이고, 란은 부모에 의해 집
에 끌려갔고, 그렇다면 꼬마삐끼나 만날 수 있을 것이다.

남들은 꼬마삐끼를 발랑까진 녀석으로만 보겠지만, 녀석은 나
에게 참으로 고마운 친구였다.

뚜렷한 이유도 없이 녀석은 나를 보호해 주고 감싸 주려고만
했었다.

녀석에게 따끈한 우동 한 그릇 사 먹이지 못하고 헤어진 것이
후회스러웠다.

방학이라서 일찍 집에 돌아온 나는 2학기 성적표를 책상에 던
져 놓고 오토바이를 몰고 쪽방 동네로 달려갔다.

사람들이 두터운 옷으로 갈아입었을 뿐 그 곳은 달라진 것이 하나도 없었다.

꼬마삐끼는 르네상스에서 쉽게 찾을 수 있었다. 녀석은 여자들에게 누나! 누나! 하면서 커피를 얻어 마시고 있다가, 내가 들어서자 반색을 하며 좋아했다.

"잘 있었어?"

"나야 그렇지 뭐. 형은?"

"그저 그래. 다들 잘 있어? 소식은 오고?"

"소식은 뭔 소식… 창이 형 잘 있는지 궁금해서 죽겠어."

나는 창이 형한테 편지 왔다는 말을 전해 주었다.

녀석은 그의 소식이 궁금했었다고 하면서 침울하게 고개만 끄덕였다.

"창이 형이 알면 안 될텐데… 사실 란이 누나 다시 왔어. 꼰대가 매일 미친개 처럼 날뛰어서 한강에 빠져 죽었으면 죽었지 살 수 없었대. 여기 왔을 때 얻어맞아 얼굴이 풍선처럼 부어 있었거든."

"언제 다시 왔는데?"

"집에 끌려간 지 일 주일 만에… 아 씨발놈의 아빠가 자기 자식을 그렇게 패는 개씨발놈이 어딨냐. 그런 새끼는 잡아다 똑 같이 패 주어야 해."

나는 녀석을 오토바이 뒤에 태우고 란이 살고 있다는 곳을 찾아갔다.

한 번밖에 와 보지 않았다는 꼬마삐끼는 동네를 몇 바퀴 돌고 나서야 그 집을 알아 볼 수 있었다.

"이 집인데… 아, 저기다 저기!"

꼬마가 손가락으로 란이 살고 있는 방을 가르쳐 주었다.

"형, 나 갈게."

"응 고맙다. 내 나중에 들릴께."

란은 문 앞에서 젊은 놈과 얼굴을 마주하고 있었다. 그 표정이 심각했고, 또 상당히 두려워 하는 기색이었다. 멀리서 보아도 그녀는 상당히 초췌하고 심신이 망가져 보였다. 업소주인에게 당하고, 창이한테 당하고, 부모에게 당하고, 이젠 또 누구한테 당하고 있는 것일까.

"아, 빨리 내놔."

젊은 녀석은 손바닥을 들이대면서 돈을 내놓으라 족치고 있는 것이었다.

내 속에서 울컥하고 무언가가 올라오면서 나도 모르게 주먹을 말아 쥐고 있었다.

"또? 어제두 가져갔잖아."

란은 두려움에 떨면서도 감히 입을 놀리고 있었다.

젊은 녀석이 인정사정보지 않고 강아지를 안고 있는 란의 뺨을 갈겼다.

란은 울듯한 표정으로 품안에서 돈을 꺼내 그에게 주었다. 그녀의 눈에 이슬이 맺혀 있었다.

내 입에서 탄식이 흘러 나왔다.

아버지에게 붙들려갔던 저 아이는 어떻게 또 이 곳에 왔단 말인가. 시골이든 공장이든 다른 곳으로 갈 수 없었을까.

젊은 녀석은 개구리가 파리 채듯 돈을 빼앗아서는 주머니에 넣으면서 중얼거렸다.

"아, 있으면서… 씨. 좋아, 인제부터 그때그때 안 때리구 한 달에 한 번 몰아서 칠 테니까 알아서 잘 해."

녀석은 계단을 내려갔다.

그 녀석이 멀어지고 나서 나는 계단을 올라갔고 란은 언제 눈물을 보였는가 싶게 나를 보더니 방긋 웃었다.

"잘 있었어?"

나는 강아지의 머리를 만지작거리며 물었다.

란은 자신이 여전히 기둥서방에게 매맞으며 살고 있는 것이 창피스러운지 겸연쩍어하는 표정이었다.

"응, 너는?"

"나야… 그렇지 뭐."

"…"

더 이상 대화가 이어질 것 같지 않았다.

나에게는 그녀에게 특별히 할 말이 없었다. 창이 이 사실을 안다면… 녀석은 란을 보호해주기 위해 탈옥이라도 감행할지 모른다.

란이 안으로 들어가 아기용 젖병에 물을 담아서 가지고 나와 계단에 앉았다. 초겨울이었지만 오후의 햇볕은 따뜻했다. 강아지가 물을 맛있게 빨고 있었다.

나는 창이에게 편지를 받았다는 말을 하지 않기로 했다. 그리고 꼬마삐끼로부터 들어서 이미 알고 있는, 어떻게 다시 집을 나왔는지에 대해서도 묻지 않기로 했다.

"맛있어?"

나는 강아지 머리를 쓰다듬으면서 짓는 란의 미소를 보고 있었다. 내 마음을 아프게 하는 미소였다.

"나, 지방으로 뜰 꺼야. 절대 못 찾게. 그러니까 너도 집으로 돌아가. 다시 이런 곳에 오지 말구."

그러고보니 란은 아직 내가 집에 돌아갔다는 것을 모르고 있는 것 같았다. 나는 내가 집으로 돌아갔다는 것도 말하지 않기로 했다.

"지방 어디로?"

"나도 몰라… 기차를 타고 그냥 갈 거야… 아무 데나… 경치가 좋아 보이는 곳에서 내려 그 곳에서 살 거야. 아무도 찾아올 수 없는 곳에서 말야…"

"언제 갈 건데?"

"몰라… 그치만 곧 갈 거야… 모르지… 어쩌면 오늘 밤일지도… 그만 가 봐… 나 좀 자고 싶어."

나는 엉덩이를 들었다. 발이 떨어지지 않을 것 같았다.

"저 말이다… 란아… 너 혹시…"

나는 마지막으로 새리에 대해 물으려다가 그만두기로 했다. 새리는 시골에 가 있다고 했었다. 그 정도만 알고 있으면 되는 것이 아닌가 싶었다.

란이 그런 내 눈을 보고는 한숨을 내쉬었다. 일어나 안으로 들어가면서 작별인사처럼 말했다.

"걔 용호랑 살어. 둘이 아주 살림까지 차렸다구. 그러니까 잊어버려."

정신이 멍했다.

구름 위를 걷는 것 같았다. 계단을 내려오는데 나도 모르게 콧등이 시큰해졌다.

새리가 있는 곳을 알았는데 나는 돌아설 수 없었다.

그녀가 시골에 있다면 앞으로 대학가는 1년 동안 모른척 할 수 있겠지만 용호하고 같이 있다면 죽어도 그럴 순 없었다.

용호하고 같이 있다면 새리는 어쩌면 란보다 더 망가져 있을 것이다… 틀림없이 그럴 것이다… 용호 그 개보다 못한 놈은 필로폰 중독자였는데….

어느덧 로마 앞이었다.

입간판은 입구 쪽으로 당겨져 있었고, 계단은 사람들의 발자국, 가래침, 토사물로 더럽혀져 있었다.

망설임 없이 계단을 타고 내려갔다.

유리문을 통해 본 실내는 어두웠지만 조명등처럼 강한 빛줄기가 사방을 훑고 있었다.

문을 열고 들어갔다. 아직 청소를 하지 않은 로마의 내부는 접시, 빈 병들로 어지러웠다.

난 정신나간 것처럼 누군가를 찾고 있었다.

아! 거기 새리가 있었다. 창이를 보내 놓고 나와 헤어진 새리가 구석에 처박혀 있었다.

나를 포기하고 떠난 고집쟁이 계집애가 깡패새끼와 함께 있었다.

지배인 용호는 포르노 테이프가 돌아가는 멀티비전 앞에서 가스를 불고 있었고, 새리는 그 앞에서 넋나간 상태로 머리를 흔들고 있었다.

나는 그녀에게 다가가 두 손으로 얼굴을 붙잡고 그녀의 눈에 나를 확인시켜 주었다.

"새리야, 나야 한이. 나하고 같이 가자."

새리가 비틀거리며 내 손을 뿌리치려했다.

"놔아. 됐어. 너나 빨리 꺼져!"

새리는 초점없는 눈으로 쉽게 나를 알아 보고는 대뜸 짜증부터 냈다.

그녀의 눈은 푹 꺼져 있었고, 피곤에 지쳐 눈자위는 검게 물들어 있었다.

"나와 같이 가야 해. 난 한번도 너를 잊은 적이 없었어."

나는 새리의 팔을 잡아 일으키려 했다.

"이 새끼가… 너나 빨리 꺼지라니까!"

새리가 손사래를 치면서 완강하게 나를 밀었다.

"야, 이 좆만아!"

팬티 차림인 용호가 나를 발견하고 다가왔다. 나는 죽을 각오를 하고, 도망가지 않았다.

뱀 문신이 가득 그려진 배를 내밀고 다가온 용호는 내 멱살을 잡고 뺨을 때렸다.

대단한 위력이었다.

평생 이처럼 골이 뒤흔들리는 따귀는 처음 맞아 보는 것이었다. 그러나 나는 여전히 두렵지 않았다.

"너, 잘 걸렸다. 이 새끼가 남의 마누라 갖구… 이 개새끼가! 너 오늘 죽었어."

그는 계속해서 내 뺨을 때렸고 나는 맞았다.

맞으면서 나는 녀석에 대한 증오의 불길이 더욱 거세지는 것을 느꼈다. 녀석을 죽일 수 있다는 자신감을 가졌다.

"와, 왜 옛날같이 내 마누라를 한 번 먹구 싶어? 어? 그래서 여길 찾아왔어?"

나는 말없이 녀석을 노려보았다.

"어쭈? 이새끼, 눈에 힘빼, 이새꺄! 힘빼! 또또 쳐다봐라, 쳐다봐. 이 새끼가 힘빼라니까. 개새끼."

나는 계속해서 맞으면서도 독사의 눈보다 더 무섭게 놈을 노려보았다.

"야! 그만해! 그냥 보내!"

새리가 비명을 지르자 용호가 비로소 나를 내려놓았다. 그는 뱀문신을 끌고 새리에게 다가가 손을 쳐들었다.

"야, 이 쌍년이, 너 지금 내 앞에서 저새끼 편드는 거야? 어?"

"왜 때려! 때릴테면 때려 봐."

"야 이 쌍년아. 너 나 배신하면 죽여, 어?"

용호가 새리의 머리통을 쥐어박았다.

"왜 때려어!"

새리는 반항했지만 그동안 구타당하며 살아온 흔적을 온몸에 고스란히 간직하고 있었다. 나는 내 눈이 빙빙 돌아가는 것이 느껴졌다.

용호는 때리기에 싫증이 난 표정을 지으면서 멀티비전 쪽으로 가더니 테이블에 걸터앉아 비닐봉지에 가스를 채우고 있었다.

"쥐알만한 것들이 주접까고 있어, 씨. 이 병신 새끼야. 꺼져 이 새끼야!"

나는 그냥 물러나올 생각이 추호도 없었다.

용호가 갑자기 능청스러운 목소리로 나에게 말했다.

"참, 너두 저년이랑 살았으니까 불 줄 알지? 불래?"

용호는 가스로 부풀어오른 비닐봉지를 나에게 내밀었다.

내가 열 발자국 정도를 옮겨야 그것을 받아 쥘 수 있는 거리였다. 그래도 나는 용호의 희미하게 흐트러진 눈동자를 볼 수 있었다. 나의 강한 분노로 나는 녀석의 그 동태눈을 뽑아낼 수 있을 것 같았다.

새리를 망가뜨린 녀석을 용서할 수 없었다. 내 사랑을 무너뜨린 미친개를 그대로 내버려 둘 순 없었다.

"하, 저 새끼 눈깔에 힘주네, 이거. 힘빼 이새꺄, 힘!"

"쟨 미성년자야, 보내 줘."

내가 말했다.

"쟨 미성년자야, 보내 줘? 병신 새끼가 이씨."

용호는 내 말을 흉내내며 놀리더니 갑자기 자리에서 일어나 나에게 달려들어 내 몸을 벽으로 밀어붙였다.

내 몸이 위로 들렸다.

"야, 이 개새꺄. 쟨 내 마누라야, 새꺄아. 니들 같이 한 번 먹구 나 몰라라 하고 치워 버릴게 아니라구 새꺄. 너 이새끼 너…. 씨, 이 새끼가 어디서 굴러먹다 나타나 가지구."

나는 목이 조이는 바람에 숨을 쉴 수 없어 헐떡거렸다.

"난 너랑 안 살어!"

새리가 외쳤다. 용호가 새리쪽으로 몸을 돌리면서 나를 내려놓았다.

"난 나쁜 잠은 안 잔단 말야!"

새리가 눈물을 쏟으면서 다시 외쳤다. 그 말이 내 가슴을 휘저었다.

온 몸이 휘청거리며 용호가 몽롱한 시선으로 나를 바라보며 주절거렸다.

“너두 쟤 밝히는 거 알지? 쟨 요즘에 하루라두 안 해 주면 잠을 못자. 이거 불구 그냥 하는 거야. 어? 죽여 주지, 응? 이게 안 통하면 뽕을 하면 돼. 너도 한번 해 볼래?”

용호가 나를 밀었고 나는 한참이나 나가 떨어졌다.

“넌 꺼져 이 새끼야! 인제.”

용호는 테이블로 돌아가 가스봉지를 입에 대고 들이마시고 있었다.

그러면서 다시 한 번 봉투를 입에서 떼고 경고를 했다.

“가랄 때 가라. 나중에 큰일 치루지 말구.”

울고 있는 새리를 버리고 나갈 순 없었다. 나는 다시는 후회하는 삶을 살고 싶지 않았다.

새리의 눈물을 그냥 모른 척할 순 없었다.

나는 나도 모르게 새리의 눈물이 젖은 라이터를 집어 들어 불을 켰다. 그리고 가스봉지를 뒤집어 쓰고 있는 용호에게 돌진하였다.

“펑!”

터졌다. 순식간의 일이었다.

가스의 불꽃이 사방으로 튀면서 용호의 온 몸에 불이 붙기 시작했다.

용호가 불붙은 몸을 이끌고 밖으로 뒹굴면서 비명을 질러댔다.

“사람 살려! 사람 살려!”

녀석은 울부짖고 있었다.

나는 비명을 지르고 있는 새리를 껴안았다.

"자 나가자!"

나는 새리를 껴안고 밖으로 나왔다.

용호가 고통스럽게 몸부림치며 땅바닥에서 뒹굴고 있었다. 그의 얼굴은 이미 통닭처럼 벌겋게 구워져 있었다.

많은 인파들이 몰려 있었지만 누구도 선뜻 용호를 도우려 하지 않았다.

"누가 119에 전화좀 해 줘요!"

나는 구경꾼들에게 말하고 새리를 오토바이 뒤에 태우고 쏜살같이 달려 나갔다.

맞바람이 내 얼굴을 때렸다.

가벼운 옷차림의 새리는 몸을 떨고 있었다. 차가웠다. 그녀의 치아가 부딪치는 흔들림이 내 등을 타고 느껴져 왔다.

오토바이가 대로변으로 빠져 나오자 비로소 새리를 돌아볼 수 있었다.

머리카락이 흩날려 엉망이 된 그녀의 얼굴 위로 마스카라와 눈물이 범벅이 되어 흐르고 있었다.

내 이마에서도 피가 흐르기 시작했다. 액셀을 더욱 힘차게 밟았다.

그래. 달리자. 내가 새리를 진정으로 사랑하는지, 언제까지나

지켜 줄 수 있는지, 그런 게 문제가 아니었다.

　지금 당장은 이 엿같은 세상으로부터 어디로든 탈출해야 한다는 생각뿐이었다.

　내 눈에서 흐르는 피눈물이 부옇게 시야를 가렸다.